EL MECANISMO DEL MIEDO

NORMA LAZO

EL MECANISMO DEL MIEDO

montena

El mecanismo del miedo

Primera edición: agosto de 2010
Primera edición para Estados Unidos: agosto de 2010

D. R. © 2010, Norma Lazo
D. R. © 2010, ilustración de cubierta: Gabriel Martínez Meave

D. R. © 2010, derechos de edición mundiales en lengua castellana:
Random House Mondadori, S. A. de C. V.
Av. Homero núm. 544, col. Chapultepec Morales,
Delegación Miguel Hidalgo, 11570, México, D. F.

www.rhmx.com.mx

Comentarios sobre la edición y contenido de este libro a:
infantil_juvenil@rhmx.com.mx

El mecanismo del miedo está basada en el argumento cinematográfico de *El mecanismo del miedo*, de Norma Lazo y Vanessa Miklos.

ISBN: 978-607-310-115-8 Random House Mondadori México
ISBN: 978-030-788-190-8 Random House Inc.

Impreso en México / *Printed in Mexico*

Distributed by Random House Inc.

Para Saúl, por nuestro mecanismo

Isabela querida:

Ha llegado el momento de confesarte quiénes somos. Aún no naces, pero estoy tan delicada de salud que temo morir en el parto, y he decidido escribirte esta carta. Si llega a tus manos significará que no logré sortear la enfermedad, y aunque me hubiera gustado decirte todo esto en persona, cuando tuvieras la edad suficiente para asumir tus deberes, temo que eso no sucederá.

En este pueblo no serás bien recibida. Caminar por sus calles nunca fue grato para mí. Siempre nos han mirado con recelo y sospecha. Las miradas me atravesaban desde que era apenas una niña, pero a esa edad aún no tenía conciencia de lo que pasaba. Si escuchaba en las calles algún murmullo en el que distinguía la palabra bruja y le preguntaba a mi madre por qué nos llamaban así, sólo ganaba un buen regaño.

Para los lugareños estamos malditas; incluso algunos intentaron quemar a mi abuela cuando era muy joven. En tiempos más remotos algunas Berenguer terminaron calcinadas en la hoguera del Santo Oficio. No importó que desde la tercera generación ninguna descendiente portara el apellido a causa de la bendita tradición española; aun así, siempre terminaban descubriéndonos pues nuestro origen trascendía en situaciones que nos delataban. Era imposible ocultarlo. Durante siglos todas las mujeres de la familia han enviudado en los primeros doce años de matrimonio; unas más pronto, otras más tarde; ningún marido ha logrado vivir más allá de ese periodo. De la misma forma, todas las mujeres de mi familia sólo logran concebir un hijo que invariablemente es niña. Ayer cumplí siete meses de embarazo y estoy completamente segura de que serás una niña: Isabela.

Las mujeres de nuestra familia nunca dejaron de usar su apellido, Berenguer, aunque fuera solamente de manera oral. Al contraer matrimonio debíamos tomar el nombre de nuestros esposos pues así lo estipulaba la ley. Por eso el Berenguer quedó sepultado bajo una pila de apellidos que nos protegían del Tribunal del Santo Oficio. Pero no pudimos ocultarnos por mucho tiempo. Si una mujer joven enviudaba, todas las miradas del pueblo se volvían hacia ella, y si más tarde engendraba una niña, antes de empezar a darle pecho, el regidor, respaldado por soldados y comisarios, ya estaba tocando su puerta. Hubo mujeres que, a pesar de no tener ningún parentesco con nosotras, tuvieron el infortunio de enviudar y parir una hija, lo que las llevó igualmente a la hoguera. Fuimos perseguidas con mayor encono durante el Renacimiento. Las instrucciones que el Papa Alejandro IV dictó a los inquisidores en el siglo XIII, en las cuales ordenaba no perseguir brujas por iniciativa propia, sólo por denuncia, quedaron relegadas ante la ferocidad y crueldad del Papa Inocencio VIII. Para Alejandro IV lo más importante era acabar con herejes y judíos, sin embargo, los pueblerinos y hombres de fe estaban más impresionados con las brujas que con aquellos que practicaban otras ideas espirituales. Así que se ensañaron con nosotras y bajo cualquier pretexto presentaban acusaciones de hechicería.

Lo peor vino en diciembre de 1484 con la bula Summis desiderantes affectibus *del Papa Inocencio VIII, en la que escribió:*

"[...] muchas personas de uno y otro sexo, despreocupadas de su salvación y apartadas de la Fe Católica, se abandonaron a demonios, íncubos y súcubos, y con sus encantamientos, hechizos, conjuraciones y otros execrables embrujos y artificios, han matado niños que estaban aún en el útero materno, lo cual también hicieron con las crías de los ganados; que arruinaron los productos de la tierra, las uvas de la vid, los frutos de los árboles".

Para los pueblerinos nosotras encarnábamos esas personas.

La tortura y el acoso iniciaron en el centro de Europa. No tardó en extenderse por el resto del continente. El odio irracional que se nos profesaba, mascullado por lenguas de mala fe en tabernas e iglesias, emergió a la superficie con saña. Era una sociedad ninguneada por varones reprimidos sexualmente y por curas célibes. Buscaban la marca de Satanás en los senos de nuestras antecesoras y en sus genitales afeitados; eran degenerados en sotanas que disfrutaban torturar cuerpos femeninos en una perversión retorcida de su fe. Por eso no hallarás en nuestra inmensa biblioteca, la cual también será parte de tu legado y responsabilidad, ningún libro que inflame el odio a otro en nombre de una religión, ideología o creencia.

Debes saber que algunas de nuestras ascendientes huyeron a América mientras otras se esparcieron por Asia y Oceanía. Fuimos perseguidas por siglos; hasta hace apenas unas décadas dejaron de acorralarnos de forma manifiesta. Aún nos continúan atacando pero ya sin el puño de una autoridad que los secunde; ya no pueden quemarnos vivas tan fácilmente. La mayoría de nosotras usamos el apellido Berenguer desde que una de nuestras antecesoras decidió rescatarlo de la sepultura erigida con los apellidos de nuestros esposos. Así, cada hija nuestra se registra como Berenguer una vez que su padre ha fallecido. Es un edicto de orgullo, una forma de darle la espalda a los que nos persiguen y demostrarles que no volveremos a temerles.

No siento rencor sino pena por su vileza. Lo que para ellos es signo de brujería para nosotras es una predestinación que nos obliga a continuar con el deber de las herederas de Doña Catalina Berenguer de Alcarràs: ser las guardianas del mecanismo del miedo. Ésta es parte de mi historia, que también será parte de la tuya.

María José Berenguer,
tu madre que te amó desde que te sintió en su vientre,
Ciudad Albazán, 28 de octubre de 1948.

1

Descubrí todavía de pequeña a lo que estábamos destinadas cuando Augusta, mi madre, enviudó como todas las Berenguer. Yo tenía doce años. Nuestra vida, aparentemente resuelta, se desmoronó frente a sus ojos al igual que el terrón de azúcar que golpeaba nerviosamente con la cucharita del té. Quedó endeudada y sin el respaldo de nadie, con una hija a cuestas y una orden de embargo que el abogado de los acreedores abanicó en su rostro para humillarla. En aquella época una mujer sin un hombre que la amparara no era nadie. Mi padre, a quien conoció en la capital, fue un buen hombre que nunca supo hacer fortuna. Nos vimos obligadas a regresar al pueblo natal que mi madre recordaba con terror y desconfianza. Por alguna razón, que en aquel entonces yo no podía entender, ella culpaba de ese miedo a mi abuela Eduviges, pero yo, desde que la conocí, sólo sentí atracción por su enorme biblioteca.

Una vez que murió mi padre, los buitres de traje oscuro y corbata se llevaron las pocas cosas de valor que teníamos. Mi madre tomó la decisión de regresar aquí, a Ciudad Albazán. Yo ya había escuchado en alguna de las disputas entre mis padres que si ella no se hubiera peleado con mi abuela seríamos unas ricas herederas. Pero mamá odiaba todo lo que eso significaba y prefirió rechazar la famosa herencia antes que renegar de su credo. Era una mujer devota.

A las pocas semanas de quedar en la miseria viajamos a Ciudad Albazán. El recorrido duró casi dos días. El ferrocarril no era un transporte especialmente veloz, pero en aquel tiempo era la única forma de llegar al pueblo. Aunque yo tenía doce años mi madre me llevó de la mano hasta la parte frontal del tren para pedirle al maquinista que me dejara ver el paisaje. A lo lejos, detrás de una enorme cordillera, una nube negra se extendía provocando un gran contraste con el cielo azul y límpido que coronaba nuestras cabezas. Mamá me tomó de la cintura para alzarme por la ventana y pudiera ver mejor.

—Esa nube que ves —me dijo con tono de preocupación— se cierne todo el tiempo sobre Ciudad Albazán. No hay muchos días soleados allá.

El conductor que escuchó el comentario se entrometió en la plática sin que nosotras pudiéramos evitarlo.

—Es una zona montañosa, señora, por eso es muy nublado y lluvioso.

Mi madre asintió con una sonrisa sin quedar convencida por la explicación. Me bajó al suelo y, sin quitar la mirada del rostro del maquinista, añadió:

—Tú sabes que no me gusta el pueblo. Te prometo que sólo estaremos allí el tiempo necesario, apenas logre juntar algo de dinero volveremos a la capital.

El maquinista sonrió meneando la cabeza en franco desacuerdo. Retiró su mirada del rostro de mi madre y se dirigió a mí.

—Hay muchos cuentos sobre Ciudad Albazán, pero no hay que creérselos todos… los pueblerinos son supersticiosos.

Mi madre se puso en cuclillas para quedar a mi altura, me arregló el suéter y revisó que mi peinado estuviera impecable. Al comprobar que seguía tan pulcra como en la mañana se levantó y me tomó de la mano para salir del vagón del maquinista.

—Pareces toda una señorita —luego se dirigió con cierta displicencia al conductor—: Gracias por permitirnos entrar.

Yo no comprendí el ímpetu de mi madre por abandonar un pueblo al que ni siquiera habíamos llegado aún, pero no la había visto alegre desde la muerte de mi padre, así que le dije:

—Regresaremos cuando tú quieras, mamita.

En pocos minutos nos quedamos dormidas con el vaivén del ferrocarril. El titán de hierro se detuvo haciendo un ruido tan fuerte que taladró mis oídos y nos despertó con un sobresalto. Habían pasado varias horas, que en nuestro sueño transcurrieron como un instante. El vapor de la máquina cubrió los vagones. Sentí un entusiasmo indescriptible: si bien mis padres no hablaban mucho de mi abuela, yo ardía en deseos de conocerla; tristemente la expresión de mi madre me hacía sentir culpable de mi emoción, ella no podía ocultar la angustia que el encuentro le provocaba. Al ver su mirada temerosa me así más a su cuerpo en un intento de darle seguridad con mi abrazo, ella notó mi congoja y empezó a actuar como la mujer dura que muchos pensaban que era. Una vez que el ferrocarril se detuvo por completo tomamos las pocas pertenencias que nos quedaban: cuatro cajas de ropa y objetos personales. Yo cargué entre mis brazos el oso de peluche que me había regalado mi padre la tarde que nací; mamá aferró contra su pecho, con la vehemencia de los fieles, un librito de oraciones. Cuando bajamos las escaleras del tren me sorprendió ver la poca gente que había en los andenes.

Ciudad Albazán parecía un pueblo fantasma. Era como si nadie acostumbrara salir de él o recibir visitas, sólo unos cuantos pasajeros, en su mayoría mujeres, bajaron al mismo tiempo que nosotros. El ferrocarril continuó su ruta con los vagones llenos. Me di cuenta de que unos peones, trabajadores mineros que iban en el tren, se dirigían a otras minas. Ninguno de ellos bajó en Ciudad Albazán; el tiempo de esplendor de sus minas había quedado atrás. Cierta melancolía me embargó frente al tren que retomaba su paso de manera pesada y haciendo chillar los rieles. Agité la mano para despedir a la gente que iba sentada en las ventanillas y nos miraban compasivas; incluso algunos se persignaron al dejar el pueblo atrás.

La riqueza de Ciudad Albazán se vio disminuida cuando la mina más importante de la región fue cerrada. Llevaba años en litigio por un problema que existía con los títulos de propiedad. Una familia entera, los Campobello, se desintegró por la codicia que inspiraba el oro que, a decir de los mineros, abundaba en los recovecos más profundos de las cavernas, en zonas donde un hombre de estatura mediana no podía llegar. Los abogados de los Campobello intentaron conseguir un acuerdo entre familiares pero nadie quiso ceder. Uno a uno se exterminaron por la posesión de esos yacimientos que finalmente no fueron para nadie. La mina cerró por orden de un juez en lo que se dictaminaba a quién le correspondía la propiedad, o si había otros familiares en la misma línea sanguínea que pudieran reclamarla. Nadie la reclamó.

Algo siniestro había en Ciudad Albazán. Lo supe el momento mismo en que puse un pie sobre el andén, al enfrentarme a las paredes de la estación tapizadas con carteles de niños desaparecidos. Los rostros de los hijos de "alguien" sonreían a la cámara en lo que quizá fue un día de celebración. Jamás hubieran podido imaginar que esas mismas fotografías serían usadas para que sus padres hicieran carteles mientras levantaban una plegaria al cielo. En ese momento fui yo la que sintió temor. Me aferré al cuerpo de mi madre. Ella, con su natural instinto de protección, posó su brazo sobre mis hombros aprisionándome con su cuerpo.

Caminamos un largo trecho hasta internarnos en las callejuelas de la ciudad. Pude divisar una casa enorme que a mi corta edad me pareció el castillo de un príncipe de cuento de hadas. La residencia, a pesar de que se veía bastante descuidada, mostraba señales de haber tenido una época de esplendor. La mansión estaba rodeada por jardines inmensos que mi propia abuela cuidaba. Era una construcción de dos pisos con grandes ventanas de vitrales de colores que expedían tenues rayos de luz. En lo más alto de la casa sobresalía un ático custodiado por doce gárgolas que aparentaban resguardar lo que había en su interior.

—¿Mi abuela es rica? —pregunté con la inocencia y la fascinación propia de mi edad.

—Lo fue —respondió mi madre cortante y apresurando el paso—, porque al parecer ya no lo es.

Entendí que no quería hablar más del tema. Abrió con facilidad la reja de la entrada porque, a pesar de tener puesto el candado, éste no había sido asegurado. Atravesamos el jardín de árboles frondosos y delicados rosales. Una vez en la puerta principal mi madre azotó con fuerza el aldabón en forma de mano que escondía entre los dedos una irregular bola de hierro. A los pocos minutos apareció en el umbral de la puerta una anciana de mirada dulce, pensé que era mi abuela, pero mi madre cantó otro nombre con la voz entrecortada por el llanto.

—¡Alfonsina!

Se abrazaron con fuerza sin decir una palabra más.

2

La casa de mi abuela era más impresionante por dentro que por fuera. Altas paredes con tapices de color rojo oscuro, más bien un vino tenue, se extendían infinitas hacia el lejano techo en forma de cúpula. El tapiz lucía viejo y descarapelado en el extremo que daba al piso. Había una oscuridad perenne que era rasgada por débiles hilos de luz que entraban por los ventanales. Suntuosos óleos de paisajes sombríos pasaban desapercibidos sobre los brocados del tapiz. Los muebles eran de una época remota, hechos de maderas gruesas y pesadas que formaban patas oblongas finamente labradas. La mansión era un museo viviente de antigüedades. Todos y cada uno de los objetos parecía guardar una historia propia: jarrones de dinastías chinas antiguas, retablos aparentemente religiosos aunque con escenas paganas, frascos y bidones de cristal rellenos de runas, máscaras de madera oscura provenientes de algún lugar de África, pequeñas figuras construidas de madera y paja, tapetes persas debajo de cada mueble, retratos al óleo de decenas de mujeres que vivieron en épocas remotas. Cualquiera hubiera pensado que mi abuela era una especie de Marco Polo que recolectaba objetos raros en sus viajes, pero en realidad se trataba de recuerdos y obsequios que algunas parientes le habían traído del extranjero.

La casa de mi abuela me cautivó. Sin embargo, lo que más me llamó la atención era la cantidad de espejos que había en toda la casa: cuadrados, redondos, rectangulares, pequeños, de cuerpo entero, algunos colgados al lado de los cuadros, otros colocados como adornos sobre las cómodas, los buroes y las mesitas esquineras. Alfonsina notó mi interés y me dijo con ternura:

—No vayas a pensar que tu abuela es una mujer vanidosa.

Continuamos por unas escaleras anchas que estaban a un costado de la estancia. Desde la altura, en los escalones más altos, se tenía una vista general de la sala y el comedor. Fue entonces que vi por primera vez la enorme biblioteca ubicada en el ala izquierda de la planta baja. A través de grandes puertas de vidrio distinguí interminables libreros que cubrían la habitación, sentí el impulso de entrar, pero mientras admiraba con la boca abierta la disposición tan meticulosa de los libros, mi madre me sacó de mis pensamientos para advertirme en tono de reprimenda:

—María José, tienes estrictamente prohibido entrar en la biblioteca.

No contesté para no contrariarla.

—¿Escuchaste? —volvió a decir.

Tuve que responder que sí. Yo era una niña obediente. A mi madre le gustaba ufanarse de ello. Jamás recibió una queja de la escuela por mal comportamiento. Yo nunca obtuve una calificación menor a diez, comía todo lo que me daban y hacía la tarea temprano para acudir con mi madre a clases de bordado. Me iba a la cama en el momento en que se me indicaba y de mi boca nunca salió palabra altisonante. Dormía con la luz apagada y justo después de decir mis oraciones. Nunca desobedecía las reglas, e invariablemente, si algo estaba prohibido, no cuestionaba las razones. Era un ejemplo, una niña de otra época, decía mamá. Todo eso estaba a punto de cambiar aunque entonces ella no lo supiera, y, a partir del momento en que me prohibió entrar a esa biblioteca, supe que era el momento propicio para empezar a desobedecerla.

El segundo piso de la casa me cautivó tanto como la estancia. Había un pasillo largo con puertas que daban a varias habitaciones. Las recámaras eran grandes, en todas había una cama matrimonial vestida con encajes y edredones vaporosos, empotradas en bases con cabeceras de madera tallada con motivos florales. Los estudios y las salas de lectura eran sobrios, con lámparas de piso y sillones mullidos. El pasillo, al igual que toda la casa, estaba alfombrado, sólo que el camino era marcado por un tapete largo por donde Alfonsina avanzó. Mi madre caminó detrás de ella, así que yo caminé detrás de mi madre; deduje que no estaba permitido pisar la alfombra y para eso habían puesto el senderito afelpado. Alfonsina se detuvo en una puerta y puso las maletas en el piso. Se giró hacia nosotras y con sumo respeto explicó:

—Eduviges dispuso que tu hija duerma en la que era tu recámara y que tú te quedes en la habitación de huéspedes. Espero que no tengas inconveniente.

—Es su casa, son sus disposiciones.

—Pero María José es tu hija, Augusta.

—No empezaré una disputa desde ahora por algo tan soso. Además María José no es como yo era de niña, está acostumbrada a dormir sola y con las luces apagadas, sabe que no hay que temer tonterías.

Alfonsina abrió la puerta de lo que sería mi recámara. Quedé anonadada con lo que había frente a mí. Ni en sueños pensé dormir en una habitación de tal magnitud y elegancia. Entré sin ocultar mi asombro y la alegría que me provocaba lo que sería mi nuevo cuarto.

—Me puedo quedar aquí, mamita, ¿verdad?

—Claro, María José, mientras vivamos en Ciudad Albazán, ésta será tu habitación.

Alfonsina dejó mis maletas junto a la puerta para llevar a mamá a su recámara. Mi madre tomó su maleta y caminó hacia el fondo del pasillo, al tiempo que le decía a Alfonsina:

—Sé muy bien cuál es la habitación de huéspedes, prefiero que ayudes a mi hija a instalarse.

Mi cuarto estaba tapizado con papel rosa de florecitas campestres. La cama parecía custodiada por cuatro columnas de madera de las cuales pendían telas de mosquitero y estaba flanqueada por dos buroes de madera. En cada uno reposaba una lámpara con base de metal dorado y pantalla aterciopelada de color verde olivo. En uno de éstos había un dragón chino con un reloj en el centro de su vientre. Del otro lado de la habitación, en una especie de sala con tres muebles y mesita de centro, sobresalían jugueteros llenos de muñecas de porcelana y marionetas de madera.

—Tu abuela conservó la habitación de tu mamá tal como la dejó —dijo Alfonsina al momento de colocar mi maleta sobre la cama. Extrajo mis vestidos para colgarlos en los ganchos.

—¿Para qué quiere alguien un cuarto tan grande? —pregunté con inocencia.

—Porque es una casa muy grande.

Alfonsina abrió el armario para guardar mis pertenencias que, al lado de las de mamá, parecían simples harapos. Colgó mi ropa pacientemente, de vez en vez me echaba una mirada cómplice.

—¿Por qué mi mamá y mi abuela no se llevan bien?

—Ésa es una historia larga que a mí no me corresponde contarte. Lo que sí te puedo decir es que eso no significa que no se quieran, es sólo que tu madre nunca ha entendido lo que la señora Eduviges necesita de ella.

—¿Por eso fue que nos recibió?

—No, las recibió porque las ama, porque ustedes necesitan ayuda y porque se muere de ganas de conocerte... claro, también quería ver a tu madre.

—Cuando mis papás hablaban de la abuela lo hacían en secreto, y si se daban cuenta de que los estaba oyendo, enseguida cambiaban el tema de conversación. Pero yo sí quiero conocer a mi abue Eduviges.

—Y la conocerás al rato.

Alfonsina terminó de colgar mi ropa en el armario.

—Cenamos a las siete y media de la noche, tu abuela no es muy estricta, aunque tiene muy formado el hábito con las comidas... así que seguramente se sentirá contenta si bajas al comedor puntualmente.

Alfonsina salió y cerró la puerta detrás de ella. En mi casa yo jamás cerraba las puertas, de hecho, a mis padres no les gustaba que me encerrara en mi recámara. No sé si era por tenerme vigilada o para su tranquilidad, pero pensé que tenía la edad suficiente para exigir algo de privacidad.

Encerrada en esa gran habitación me sentí libre por primera vez. Bajé las muñecas de porcelana del juguetero. Les puse nombre a todas: Laila, Stevané, Ricarda, Solveig y Anaranda. Mi oso de peluche quedó relegado en señal de que la pequeña niña ya era algo del pasado. Sin darme cuenta me quedé dormida profundamente; unos golpes en la puerta me despertaron después. Alfonsina asomó el rostro en la penumbra.

—Ya es tarde, recuerda que tu abuela cena a las siete y media en punto.

Me levanté de prisa. Quería agradarle desde el primer encuentro. Me miré en el espejo y descubrí con desagrado que mi cabello se había despeinado durante la siesta y que mi vestido estaba arrugado. Traté de alisarme el cabello con saliva. Me puse muchos pasadores para no verme despeinada. Por un momento pensé cambiarme de ropa, pero por suerte miré el reloj de dragón: las manecillas daban las siete y media. Alisé con mis manos el vestido que llevaba puesto y corrí al comedor. Mientras bajaba las escaleras descubrí que mi madre ya estaba sentada a la mesa conversando con mi abuela.

—María José venía muy cansada del viaje. No quise despertarla.

—Está bien, Augusta, la conoceré mañana…

Apresuré el paso en los escalones pero sin correr, a mamá no le gustaba que corriera adentro de nuestra casa y supuse que tampoco lo aprobaría en casa de mi abuela. Desde donde me encontraba les hablé:

—Pero ya desperté.

Mi abuela alzó la mirada. Me observó hasta que pisé el último peldaño de las escaleras. Sus ojos eran grandes. Se incorporó con cierta dificultad. Era una anciana algo encorvada, de piel blanca como el arroz y cabello rojizo. Llevaba un vestido negro con un cuello alto que le llegaba hasta la barbilla; unos anteojos pequeños colgaban de una cadenita de plata alrededor del cuello del vestido. Caminó con cierta dificultad hacia mí y, con un gran esfuerzo, se agachó para quedar a la altura de mi cara.

—Eres igual a tu madre cuando tenía tu edad. Dale un beso a tu abuela.

Me acerqué a su rostro. La besé en la mejilla con respeto. Ella sonrió al abrazarme con fuerza.

—¡Qué modosita! —le dijo a mi mamá—. Ven, siéntate a cenar con nosotras.

Tomé mi lugar en la mesa.

—Me quedé dormida, mami, por eso no pude cambiarme ni peinarme para la cena.

Antes de que mi madre pudiera contestar algo mi abuela intervino.

—Pues yo te veo formidable.

—No te preocupes, María José, venimos cansadas del viaje, ya habrá otras ocasiones para que bajes a cenar como es debido.

Alfonsina entró con una canasta de pan dulce que depositó en el centro de la mesa. De una jarra blanca vació chocolate caliente en mi taza.

—¿Te preparo algo más o sólo cenarás pan y chocolate caliente?

—Sólo pan, Alfonsina, gracias.

Cenamos en silencio. La abuela me lanzaba miradas o hacía muecas chistosas que me provocaban una risita contenida. A mamá no le gustaba que hiciéramos juegos o que platicáramos en la mesa durante las comidas. Incluso a mi papá lo regañaba si hacía bromas con la sopa por el placer de divertirme. No es que mi madre fuera una mujer amargada o regañona; abrigaba ideas férreas sobre las costumbres domésticas. Para ella la hora de la comida era sagrada: "debemos dar gracias por tener alimento en la mesa porque no sabemos si lo volveremos a tener", repetía constantemente. Jamás hubiera creído que mamá había vivido con tales lujos. Nunca se comportó como una malcriada o caprichosa, por el contrario, era una mujer trabajadora. Muy menudita, delgada, podría intuirse que hasta frágil, pero sacaba una fuerza de lo más hondo de su ser que a mí me asombraba. Si me veía triste me reprendía, pero si se daba cuenta de que mi tristeza era algo más que un berrinche, me tomaba por la barbilla para decirme "te dejo caer un ratito, cariño, pero luego te levantas, y te levantas con más fuerza". Aprendí mucho de ella, aunque jamás estuve de acuerdo con el rencor que le guardaba a mi abuela, quizá porque no lo entendía. En aquella casa estaba a punto de comprenderlo.

3

Tuvo que ser la siesta larga que tomé en la tarde. Desperté a las tres de la madrugada con la sensación de que ya había amanecido. La oscuridad de mi cuarto me hizo sospechar lo contrario. Me levanté de la cama. Recorrí las gruesas cortinas del ventanal. Los rayos blanquecinos de la luna llena alumbraron el reloj de dragón que estaba en el buró derecho de mi cama: 3:00 A.M. Me asomé a través del vidrio sin abrir el balconcito que daba a la calle. La luna, redonda como un melón gigante, bañaba de claridad las calles polvorientas del pueblo. No había un alma, una respiración, un susurro. Puedo decir que se escuchaba la tranquilidad de un cementerio excepto por el imparable coro de tictac de relojes del que no lograba discernir su procedencia.

La puerta de mi recámara estaba cerrada. Supuse que Alfonsina, una vez más, me había tratado como una niña grande. Por debajo de la puerta entraba el resplandor amarillo de las lámparas incandescentes. Alguien estaba despierto a esas horas de la noche. Caminé sigilosamente hasta la puerta y la abrí con cautela. La luz provenía de la planta baja. Salí descalza, con la curiosidad latiendo en mis entrañas, y miré a ambos lados del pasillo por temor a que mamá me sorprendiera. Segura de que no había nadie en el pasillo, corrí de puntitas hasta el descanso de la escalera. Toda la estancia estaba oscura, solamente brillaba la luz del gran salón donde mi abuela atesoraba su biblioteca. Desde donde estaba parada pude verla bien. Limpiaba los lomos de sus libros al mismo tiempo que hablaba con alguien, pensé que se trataba de Alfonsina, así que bajé sin importar que me descubrieran, tantas sonrisas y miradas cómplices de las ancianas me hicieron sentir parte de un club en el cual no se admitían padres.

La puerta de la biblioteca estaba cerrada. Me asomé entre las partes lisas del vidrio biselado. Mi abuela hablaba con ímpetu, cualquiera hubiera creído que discutía porque manoteaba en busca de comprensión. En ese momento temí que fuera mi madre, y no Alfonsina, la que estuviera peleando con ella, sabía bien que no le gustaba que yo danzara fuera de mi cama a esas horas de la noche. Intenté retirarme sin hacer ruido. En la huida, provoqué un estruendo al tropezar con uno de los esquineros afuera de la biblioteca. Mi abuela me descubrió. Con una sonrisa me invitó a pasar.

—Mi mamá se va a enojar si entro.

—Pero nadie le va a decir a tu mamá. Además estoy sola, no me haría mal que mi nieta me ayudara a limpiar mis viejos libros.

Me dio vergüenza decirle "si estás sola entonces con quién discutías", así que sólo hice la pregunta para mis adentros. Entré tomada de su mano. Si mi recámara me había provocado un suspiro, la biblioteca me robó el habla. Eran metros y metros de libreros empotrados en las paredes sin el mínimo espacio que mostrara algo de papel tapiz. Al centro de la habitación había una mesa de caoba que por base ostentaba la cabeza de una arpía. Sobre ésta sobresalían pilas de libros. Alrededor de la mesa sillones mullidos y cojines de telas exóticas resaltaban por el sinfín de colores y texturas.

—Debo restaurar los libros que están sobre la mesa, hay unos que son muy viejos —dijo mi abuela mientras se acercaba con paso cansino hasta un montículo para tomar uno—. Mira éste, es la primera edición de *El castillo de Otranto* de Horace Walpole, de 1764. Y este otro, *Las obras de Edgar Allan Poe*, publicadas en 1874. Tengo primeras ediciones tanto de los originales como de sus traducciones.

Admiré los libros desde lejos. Sentía temor de tocarlos; a leguas se notaba que eran objetos valiosos para mi abuela.

—Pero tómalos, hojéalos, no te van a morder.

—No quiero estropearlos.

—Entonces hojéalos con cuidado.

Me acerqué a la mesa para observar el lomo de los libros que esperaban quietecitos a ser restaurados, desconocía los títulos y los autores, pero todos me remitían a temas oscuros o literatura de horror: *Las leyendas* de Gustavo Adolfo Bécquer, *La sombra sobre Innsmouth* de H. P. Lovecraft, *Melmoth el errabundo* de Charles Maturin, *Drácula* de Bram Stoker, *El extraño caso del Dr. Jekyll y Mr. Hyde* de Robert Louis Stevenson, *Los misterios de Udolfo* de Ann Radcliffe, *El monje* de Matthew Lewis, *Thanatopia* de Rubén Darío, *Un vigilante junto al muerto* de Ambrose

Bierce, *El almohadón de plumas* de Horacio Quiroga, *Otra vuelta de tuerca* de Henry James. Son los títulos que recuerdo haber visto la primera vez que entré en la biblioteca.

—¿Y todos estos libros son tuyos? —pregunté.

—Todos son míos. Y, si tú quieres, cuando yo no esté serán tuyos.

Tomó un libro. Me llevó hacia los cojines. Yo me recosté sobre el almohadón más grande. Ella se sentó en el sillón al lado de mí y puso el libro sobre sus piernas.

—¿Te gusta leer?

—No sé, bueno, leo lo que me mandan en la escuela y sí me gusta.

—Pero seguramente en la escuela no te mandan a leer ninguna de estas bellezas.

—No, abue, creo que no.

—¿Te gusta la habitación en la que te hospedas?

—Sí, mucho, nunca pensé dormir en un cuarto tan grande, con tantas cosas bonitas.

—A tu mamá le daba miedo dormir en él.

—A mí no. No le tengo miedo a nada.

—¿A nada? —preguntó, abriendo los ojos exageradamente, simulando una gran sorpresa.

—Bueno, me da miedo que mi mamá se muera como mi papá y quedar huérfana. Me da miedo que un robachicos me robe en la calle y me obligue a pedir limosna, pero en mi recámara, dentro de mi casa, no, no me da miedo nada.

—A tu mamá le asustaba mucho pensar que había algo debajo de la cama o dentro del armario. No se podía dormir con la luz apagada.

Solté una risa franca sin intención de burlarme de mi madre. Me pareció ridículo; yo, desde muy pequeña, dormí sola en mi cuarto. Mis padres se empeñaban en que apagara la luz al momento de meterme en la cama. Alguna vez quise dormir con la lámpara encendida porque una compañerita de la escuela me habló sobre las brujas. Mamá se encargó de hacerme sentir ridícula por creerle. Escribí cien veces en un cuaderno "las brujas no existen" y "mi ángel de la guarda me cuida". Acepté que mi recámara era un lugar seguro y, que si debía temer algo, estaba fuera, en la calle, en la realidad.

—No me imagino a mamá como me la cuentas.

—¿Por qué? Eso es normal en todos los niños.

—Pues en mí no —dije, orgullosa de saber que, a diferencia de mi madre, yo no era una miedosa.

—Creo que ya sé lo que necesitas.

Mi abuela extendió su brazo en señal de que le tomara de la mano. Lo hice, y me jaló suavemente hasta un sillón. Se replegó hacia un costado para hacerme un huequito en la orilla, entonces puso un pequeño libro sobre mis piernas.

—Éste es un libro muy especial para mí.

—¿Qué tiene de especial?

—Es especial porque es poderoso.

Acerqué el libro a mi rostro. Me pareció antiguo, amarillento y polvoriento. Despedía un olor característico a viejo, a humedad. La palabra que fungía como título jamás la había visto o escuchado, y el nombre del autor tampoco.

—Existen tres versiones del mismo cuento. La primera de ellas se publicó en una revista francesa en octubre de 1886. La segunda versión también se publicó en otra revista ese mismo año, sólo que en diciembre. Buen relato para las épocas decembrinas —dijo con sorna, y luego continuó—: La última versión, la definitiva, se publicó un año después, en 1887. Yo tengo esa edición, en francés, tú no podrías leerla, pero esta traducción es maravillosa. Toma.

—¿Y por qué son tres versiones si es el mismo cuento?

—Porque el autor ignoraba que aún no estaba terminado hasta la tercera versión. Es común que eso suceda.

—¡Qué tonto! ¡Cómo no lo supo si era su cuento! ¿Son muy diferentes las versiones?

—No era tonto sino especial, y sí, existen algunas diferencias en las tres versiones, pero todas poseen la semilla contagiosa de su padre, el autor. Escribió un cuento tan poderoso que es capaz de...

—¿De qué, abue, de qué?

—Eso lo tendrás que averiguar tú misma.

—Mi mamá me prohibió entrar a la biblioteca —repetí, bajando la mirada con vergüenza.

Mi abuela me agarró de la barbilla. Aproximó su cara a la mía.

—Éste será un secreto entre nosotras. Pero debes seguir fielmente mis instrucciones: esconde muy bien el libro bajo el colchón, sólo lee de noche, cuando todos los demás nos hayamos dormido; no permitas que nadie se entrometa en la complicidad entre tú y el texto. Ya me contarás qué te pareció. Ahora vete a la cama, que si no, mañana se darán cuenta de que te desvelaste.

Coloqué el delgado libro bajo el brazo y, antes de salir de la biblioteca, me lancé a los brazos de mi abuela para darle un beso en la mejilla. No había transcurrido ni un día desde que llegamos y ya sentía que la conocía de toda la vida.

—Cuida mucho el libro, es muy valioso —luego añadió con seriedad—: Y prométeme una cosa más, una vez que pongas los pies fuera de la biblioteca, no voltees hacia atrás.

—¿Por qué?

—¿No que eras muy obediente?

Me retiré de la biblioteca con sabor a triunfo. Nunca pretendí confrontar a mi madre sobre sus ideas ni sobre su distanciamiento con la abuela; sin embargo, en ese momento, sentí que no era un problema mío, que yo podía querer a mi madre y también podía querer a mi abuela. Subí a mi cuarto convencida de ello, con la certeza de que empezaría la lectura la noche siguiente, con la confianza de que no había nada malo en ese lugar que mi madre me había prohibido.

Cuando salí de la biblioteca no volteé, como mi abuela me lo había pedido, quise demostrarle lo obediente que podía ser. Si lo hubiera hecho, seguramente habría empezado a desconfiar de ella, pues habría descubierto las Sombras en el espejo con las que discutía.

4

Mi abuela se casó jovencita con un varón noble, como ella, que pertenecía a una familia española de rancio abolengo. Santiago Cué, mi abuelo, era un hombre creyente, entregado a sus tradiciones. Se conocieron un domingo en la plaza de Ciudad Albazán, él regresaba de un largo viaje por Europa; ella, como lo dictaban las costumbres de esa época, pasaba el mayor tiempo en casa aprendiendo las cosas necesarias que cualquier muchachita en edad casadera debía aprender.

Un domingo que mi abuela y mi bisabuela salieron a la plaza de paseo, a comer manzanas caramelizadas, mis futuros abuelos se toparon de frente cuando daban la vuelta alrededor del quiosco. Ninguno de los dos bajó la mirada, conducta que podía ser mal vista en una señorita decente. Mi abuela Eduviges ya mostraba entonces que era distinta a otras chicas de su edad. Mi bisabuela había empezado a introducirla en el mundo secreto de las Berenguer. La preparación comenzaba con la lectura de los libros de la biblioteca. Mi abuela mostró más disposición que su propia madre; al cabo de algunos meses ya había leído muchos libros, demostrando estar dispuesta y entregada a su destino.

A pesar de la devoción que mi abuela mostró desde el principio, mi bisabuela reprobó las miradas de fuego que mis abuelos intercambiaban cada vez que completaban una vuelta al quiosco. Interrumpió el paseo para regresar a casa, mas no se dio cuenta de que mi abuelo las había seguido hasta la reja.

La madre de mi abuela le advirtió sobre la condición trágica que atravesaban todas las relaciones de las Berenguer: "es mejor que no te enamores del hombre con el que tendrás a tu hija, recuerda que no podrás estar con él más de doce años una vez que hayas dado a luz". Mi abuela la desoyó. El imán que la atraía a mi abuelo era mayor que toda tradición o deber. Ni siquiera sabía si se trataba de un gran amor, pero el fuego que llameaba justo en medio de sus pechos le habló de una experiencia que no dejaría de vivir.

Sé que mi abuelo Santiago medía casi dos metros, lo vi en algunas fotos. Era espigado, con hombros anchos que lo hacían parecer más fuerte de lo que era, tenía el cabello claro y rizado, con destellos amarillos. Pocas veces su cabello lucía como era en realidad porque acostumbraba alisarlo con jugo de limón. Era un hombre guapo, aunque lo que cautivó a mi abuela fueron sus grandes ojos azules, de un azul extraño que denotaba cierta frialdad que a mi bisabuela le helaba la sangre.

Mi abuela también era una joven hermosa. Delgada y alta pero no tanto como el abuelo, con una cintura estrecha que, según me contó Alfonsina, obligaba a las modistas a arreglar todos los vestidos con unas pinzas para ceñírselo al talle.

A mi bisabuela le desagradó el pretendiente de su hija. Desde el primer día que lo toparon en la plaza supo que sólo le traería dolor y lágrimas. Pese a ello la abuela se enamoró sin poder controlar sus sentimientos. Empezaron a verse a escondidas; por cualquier pretexto mi abuela salía de casa sin ser vigilada. En ese entonces Alfonsina era la hija de la mucama de mi bisabuela, las dos pasaban mucho tiempo juntas.

Alfonsina le sirvió de tapadera a mi abuela durante varias semanas. Mi bisabuela se quedaba tranquila porque salían juntas al mercado, la panadería o la botica, pero en realidad solamente salían al mismo tiempo y una vez que llegaban al lugar al que habían dicho que iban, se separaban.

Los minutos que mis abuelos pasaban juntos se escurrían con la rapidez que el viento despeinaba sus rizos, volaban con la misma facilidad que el río arrastra las hojas caídas de los árboles, se esfumaban irremediablemente igual que el humo de una fogata que se está consumiendo. En el poco tiempo que compartían juntos hablaban de lo que cada uno sentía por el otro. Jamás hubo conversaciones sobre sus creencias o sobre la forma en la que cada quien veía la vida. Esos pocos minutos los pasaban admirándose mientras tocaban sus rostros o se daban un beso que sonrojaba a ambos. Una tarde en la que Alfonsina escogía el pan para la merienda con mayor lentitud que de costumbre, mis abuelos se dieron un beso tan profundo, tan apasionado, que tuvieron que retirarse uno del otro.

—No sé qué me provocas —dijo la abuela—, pero siento la necesidad de fundirme contigo.

Mi abuelo le acarició una mejilla, y sintiéndose seguro de su deber de caballero, le dijo al oído.

—Yo también lo deseo, pero antes tendremos que casarnos por la iglesia.

En ese momento mi abuela supo que su gran amor pertenecía a una familia devota de Villa Alberina, un pequeño poblado al sur de Ciudad Albazán al que se llegaba después de un día de camino. El amor cegó a mi abuela. No se dio cuenta del infierno que sería su vida al lado de ese hombre. Estaba tan enamorada que aceptó casarse en el ritual que la religión de la familia de mi abuelo exigía. Mi bisabuela cayó enferma de disgusto. Le rogó de mil maneras que no cometiera ese error. Que su hija se casara con alguien perteneciente a la iglesia que persiguió a las Berenguer durante siglos le llenó el corazón de tristeza y amargura.

Mi abuela le prometió a su madre que no abandonaría su deber, que tarde o temprano su esposo entendería aquello a lo que estaba predestinada. Guardó en cajas varios libros de la biblioteca. Dio su palabra de que regresaría por más cuando hubiera terminado de leer los primeros. Estaba convencida de que mi abuelo aceptaría la obligación que debía cumplir como descendiente de Doña Catalina Berenguer de Alcarràs: mantener el mecanismo del miedo en movimiento.

Alfonsina y mi abuela se despidieron con un abrazo largo, entre una que otra lágrima mal contenida. Pero mi bisabuela se encerró en su recámara, no salió a despedirse de su hija, quien partió destrozada pero satisfecha de seguir los mandatos de su corazón.

Mis abuelos se casaron en una gran boda en Villa Alberina. Las mujeres de la familia Cué no la recibieron con el amor que ella esperaba. A los pocos días de haber llegado al poblado, las hermanas de mi abuelo lo bombardearon con preguntas:

—¿Por qué trae tantas cajas de libros? —preguntó Alicia.

—¿Por qué no vinieron sus padres a entregarla? —inquirió Carmela, tratando de sembrar la intriga.

—¿Estás seguro de que se trata de una mujer virtuosa? —culminó Pilar.

Mi abuelo desafió a su familia de la misma manera que mi abuela desafió a su madre. Le dio el lugar de esposa que le correspondía.

—Si quisiera su opinión se las pediría. Ella será mi cónyuge, quien no la respete no es bienvenida en mi casa.

El día de la boda mi abuela murmuró las oraciones como si se las supiera e imitó todo lo que hacían las mujeres durante la ceremonia. Todavía no le confesaba a Santiago que ella aparentaría convertirse a su religión sólo para formar parte de su mundo, pero que en casa cada quien sería fiel a sus propias creencias, y el otro debería respetar esa decisión.

Los novios no pararon de bailar durante la boda. No cabía duda de que eran felices. Sonreían afablemente a los invitados que los observaban recelosos de su felicidad. Algunos murmuraban que había algo inquietante en esa mujer de cintura diminuta y largo cabello rojizo.

Los recién casados se instalaron en una de las pequeñas casas que había en los vastos terrenos de los Cué, cuya hacienda era conocida como La Piadosa. Era un bello lugar donde sembraban maíz, su tono pintaba la comarca de dorado. Entre los plantíos había una casa principal tan grande como la de mi abuela; a los lados, cuatro casas más pequeñas, igual de hermosas, esperaban que cada uno de los hijos se casara. Mis abuelos ocuparon la primera.

Mi abuela Eduviges se adaptó rápidamente a su nuevo hogar. Se ofreció a aprender las labores del campo aunque los hombres se sintieron ofendidos. Ella no hallaba la manera de acercarse a esa familia que ahora era suya; entre más se esforzaba por agradarles, más hostiles se portaban.

Los días transcurrieron sin mayores cambios porque mi abuela desistió de confesar el deber al cual estaba consagrada. Fingía que practicaba la misma religión que la familia Cué mientras leía devotamente los libros que había traído consigo de Ciudad Albazán. Por las mañanas era una ama de casa perfecta: cocinaba y limpiaba su casa a pesar de tener mucamas y cocineras; después de la comida se sentaba a bordar en la mecedora del pórtico, le divertía observar a las urracas asustadas por los espantapájaros. Al caer la noche se encerraba a leer en una de las habitaciones del segundo piso, que le servía como despacho a mi abuelo.

Las hermanas Cué vieron con malos ojos que su cuñada pasara tanto tiempo encerrada en el despacho, además de que rechazara las reuniones vespertinas que realizaban para bordar, coser, hornear pasteles, vestir santos y contar chismes. Mi abuela asistió un par de veces pero los libros le producían una pasión y un placer que sólo había conocido al lado de mi abuelo. Él era el único que lograba hacerla desistir de seguir leyendo. Fue así que los chismes empezaron a rondar las reuniones de sus cuñadas. Algunas ya habían observado a mi abuela durante los rituales de su religión.

—Eduviges no sabe orar —dijo Alicia.

—Sí, pensé que nadie más lo había notado, pero creo que sólo murmura sin tener idea de lo que está diciendo —secundó Pilar.

—Además, ¿qué mujer respetable llega a casa de su nueva familia con apenas dos maletas de ropa y veinte cajas de libros? Seguro es una liberal —añadió Carmela.

—Y de qué serán esos libros —insistió Alicia.

—De nada bueno o devoto, si no, no se ocultaría en el despacho para leerlos —culminó Pilar maliciosamente.

Las cosas empeoraron poco a poco para mi abuela. Con los rumores insidiosos y las intrigas de sus cuñadas llegaron las Sombras y, con ellas, largas temporadas de lluvia. Las mismas nubes grises que vi la mañana que llegué a Ciudad Albazán se apostaron sobre La Piadosa. Las cosechas disminuían mientras los peones las abandonaban sin mirar atrás. Las mucamas empezaron a contar que en una de las casas de la hacienda espantaban, hablaban de unas sombras monstruosas que se asomaban por detrás de los espejos. Los rumores llegaron hasta mi abuelo Santiago que, si bien nunca antes había prestado oído a la aversión que su familia profesaba a mi abuela Eduviges, esta vez quiso saber qué tenían de especial esos libros que su esposa leía con tanta dedicación. Su descubrimiento no sería grato.

5

Mi madre me despertó a las ocho de la mañana. Tardé en levantarme porque regresé de la biblioteca a las cinco de la madrugada. Su voz vibraba a lo lejos. Mis párpados se abrían y cerraban lentamente en un esfuerzo banal por avivarme. En mi mente todavía fluía la conversación de unas horas atrás. Estaba consciente de que había desobedecido a mi madre pero segura de que mi abuela no me delataría.

—¿No dormiste bien? —me preguntó.

En ese momento di un brinco para demostrarle que había descansado como un recién nacido. No quise provocar sospechas. Intenté ingeniarme una explicación pero mi boca estaba sellada no sólo por el secreto que compartía con mi abuela, sino por la saliva que se había hecho pasta. La piel de mis labios se partió al intentar decir una palabra.

—Anda, ve a lavarte la cara para que bajes a desayunar, y luego te bañas porque vamos a ir al colegio a inscribirte.

El baño al final del pasillo era una habitación tan grande como mi recámara, con una tina enorme junto a una de las paredes y varios espejos colocados por todo el espacio. El lavabo era blanco, como todos los muebles del baño; la llave por donde salía el agua tenía la forma de un cisne dorado abriendo las alas. Encima del lavabo estaba el espejo más grande. Abrí la boca sólo para asquearme con los grumos de baba seca acumulados en las comisuras de mis labios. Aunque sentí la lengua pegajosa y las lagañas endurecidas entre mis pestañas, pude reconocer en aquella imagen el rostro de otra niña que ya no correspondía a la obediente del día anterior.

El desayuno humeaba bajo las tapaderas transparentes de los refractarios. El sazón de Alfonsina llenó la estancia de olores penetrantes que hicieron crujir mis tripas de antojo. Mi abuela lucía radiante. Me miró sonriente, con la mirada que tiene el gato después de haberse comido al canario. Había rejuvenecido con nuestra presencia. Entendí que el amor puede tener efectos indescriptibles y, de sólo pensarlo, supe que nuestra relación sería duradera.

Alfonsina entró al comedor con el desayuno sobre una bandeja. Mi madre se nos unió minutos más tarde.

—Buenos días, niña hermosa —dijo Alfonsina. Pensé que me hablaba, pero antes de responder, mi madre se me adelantó:

—Buenos días, nana Alfonsina.

—Buenos días, María José —añadió inmediatamente.

—Buenos días —respondí con celos por el cariño que percibí entre la vieja nana y mi madre.

Mi abuela Eduviges era una mujer muy educada y refinada. No que mi madre no lo fuera, pero desde que llegué siempre noté a mi abuela arreglada como si estuviera a punto de salir a pasear, aunque nunca lo hacía. Esa mañana llevaba un vestido gris Oxford rematado con puños, cuello y dobladillo de holanes de encaje chantilly francés. Por encima del alto cuello lucía una cadena larga de oro con varios medallones pendiendo de los eslabones de las cadenas. Sentada en la silla de la cabecera no alcanzaba a distinguir las figuritas de los medallones, por lo que cuestioné a mi abuela sin imaginar que provocaría un momento de tensión entre ellas.

—¿Qué santitos traen tus medallas, abuela?

Mi abuela soltó una risa espontánea, lo que provocó que mi madre frunciera los labios en un intento por ocultar su enojo. No pudo quedarse callada.

—Las medallas de tu abuela no representan ninguna santidad porque es atea —sentenció en tono hiriente.

Mi abuela dejó de reírse, colocó los cubiertos al lado de su plato y tomó la servilleta de tela que reposaba sobre sus piernas para limpiarse la comisura de la boca.

—Tu madre está confundida. No soy atea, prefiero la palabra agnóstica. Tengo mis propias creencias, mismas que son legado de esta familia.

—Se les llama paganos —volvió a intervenir mi madre— y no están bajo el manto de la iglesia a la cual tú y yo pertenecemos.

—Eso es verdad, pero si de verdades se trata, al menos yo no pertenezco a una iglesia que juzga y tortura por poder e ignorancia, y hasta por maldad en algunos casos.

—¡Mamá, por favor! —gritó mi madre.

Alfonsina permanecía en silencio sin levantar la mirada de los platos en los que servía el omelet de jamón que había preparado.

—He respetado tus creencias. No he hecho ningún comentario incómodo desde que nos volvimos a ver. Que no tengamos la misma idea de la santidad no te da derecho a sugerirle a mi nieta, en ningún tono, que mis creencias sean malas, innobles o profanas.

—¿Y de qué otra forma se les puede llamar? No encuentro palabras nuevas para referirme a un culto que ya, desde hace siglos, ha sido perseguido.

—¿Entonces te parece bien que torturaran y quemaran vivas a cientos de mujeres sólo porque no bajaron la cabeza frente a un macho cruel, reprimido y corrupto? ¿O por defender sus creencias?

Las miré asustada. Apenas llevábamos dos días en Ciudad Albazán y ya habían empezado las viejas disputas. En medio de esa discusión no entendí de qué hablaban, pero Alfonsina me lo explicó después: mi madre había sido la primera descendiente en renegar del deber de las Berenguer. El intercambio hostil entre ellas debido a sus creencias se inició justo después de la muerte de Santiago Cué, mi abuelo.

Mi abuela guardaba un secreto. Lo percibí en su comportamiento la noche anterior en la biblioteca, en la delicadeza con la que tomaba los libros antiguos, en las palabras a medias cada vez que la cuestionaba por algo, en la discusión que sostenía con la nada cuando creía que nadie le observaba, en el libro que me regaló asegurándome que era poderoso. Y ese secreto, que inmediatamente relacioné con su biblioteca, era parte de lo que todas las generaciones de mujeres en nuestra familia consideraban un deber ineludible. Excepto mi madre. Yo, a diferencia de ella, me sentí seducida por los libros. Tuve fantasías sobre mí, ya a una edad mayor, sentada en la gran mesa de la biblioteca frente a una máquina Olivetti color verde, como la que tenía papá.

Aquella máquina de escribir también la perdimos en el embargo. Mi padre la usaba poco, a veces lo veía rellenar líneas punteadas de papeles que parecían importantes. Si se lo pedía me dejaba jugar con ella. Me sentaba frente a la hoja en blanco sin tener nada que escribir. A veces hacía ejercicios de mecanografía que mamá me enseñó en su obsesión por darme un oficio. "Debes aprender a hacer algo para encontrar un trabajo", me decía mientras acomodaba mis pequeños dedos sobre las hileras de teclas.

En la biblioteca de mi abuela tuve una imagen de mí escribiendo en la vieja Olivetti gruesos libros que terminarían convertidos en objetos valiosos, libros de pastas gruesas y corrugadas color azul marino o rojo oscuro. Y, debajo de esos títulos, mi nombre en letras pequeñas.

Nunca antes había leído un libro, ni siquiera había imaginado las puertas interminables que se abrirían frente a mis propios ojos. Estaba a punto de convertirme en lectora, de fundirme con los personajes de ficciones que cambiarían mi vida, de perderme en paisajes que brotarían en mi imaginación, de abandonar la orilla de la ordinariez del mundo tangible para introducirme a un sendero de palabras y metáforas a las cuales yo dotaría de un sentido propio. Quise ser Poe, Maturin y Radcliffe, quise ser Bécquer, Lovecraft y Bierce; ni siquiera los había leído aún y ya adivinaba un torrente de historias unidas a mis lazos de sangre.

6

La discusión entre mi abuela y mi madre llegó a su término cuando esta última se levantó y salió con un azotón de puerta. Al parecer había olvidado que iríamos a inscribirme al colegio. Tuve miedo de su reacción. Me negaba a dejar aquella casa hermosa, sobre todo no quería alejarme de mi abuela. Alfonsina, que notó mi expresión triste, me llevó al patio trasero de la casa, donde se encontraba el invernadero.

—Anda, ayúdame, voy a enseñarte cómo debes tratar a las plantitas para que crezcan sanas y hermosas.

La seguí en silencio. Puse atención en las maniobras que hacía con los retoños. Al verla arrancar la maleza de las plantas pensé en lo dichoso que debía ser crecer en esa casa. Mamá no opinaba lo mismo, para ella la mansión era un reducto de malos recuerdos y pavores nocturnos. Yo no podía entender qué era aquello tan grave que mi abuela le había hecho para abandonar ese edén.

Mi abuela también salió al invernadero. Pasó a nuestro lado sin voltear a vernos. Parecía triste, con el rostro cabizbajo, escondiendo la mirada en los mosaicos disparejos del patio. No dijo palabra, tomó una pequeña pala con la que se puso a hacer labores de jardinería. Tuve el impulso de levantarme e ir hacia ella. Alfonsina me detuvo.

—Déjala sola. Hay momentos en los que uno necesita estar consigo mismo —me aleccionó.

—¿Puedo ir al jardín de enfrente?

—Sí, pero no puedes salir sola, no lo olvides.

Partí del invernadero en una carrera rápida. Al pasar al lado de mi abuela me detuve un segundo para darle un beso en la mejilla. Ella me sonrió con una ternura que todavía me estremece. Puedo jurar que sus ojos estaban húmedos, aun así me ofreció la sonrisa más amorosa del día. Pensé que después de todo la abuela y mi madre no eran tan diferentes. Mi madre heredó de ella la dulzura, su voluntad férrea y la entereza que demostraba en los momentos en que cualquier otro se quebraba.

El jardín de la parte frontal de la casa resaltaba sobre cualquier otro del pueblo. Arreglado hasta el último detalle en el podado de los arbustos, según el lado de donde se vieran adquirían apariencias distintas: a veces un hombre sorprendido en medio de una carrera, a veces un alce de cuernos largos y retorcidos.

Mi abuela se encargaba de los rosales personalmente, debido a ello eran grandes y perfectos. Antes de florecer, todavía en forma de botón, parecían el corazón de los gigantes que imaginé habitando las partes más altas de las montañas de Ciudad Albazán. Solía jugar a que yo era la princesa de un cuento de hadas y los arbustos esos gigantes que, parados en fila, aguardaban a que los favoreciera con un baile. Sumergida en mi ensoñación no me percaté de que era observada por fuera de las rejas; al dar un giro completo, pillé a un grupo de cuatro niños espiándome. Mi primera reacción fue de sorpresa, rápidamente recapitulé y les brindé una sonrisa amable porque deseaba hacer amigos en el pueblo. Los niños me miraron sin responder la gentileza, escuché que uno de ellos murmuró "bruja", pero quise creer que había escuchado mal. Los niños se echaron a correr calle abajo; uno de ellos, que parecía tener mi edad, permaneció unos segundos más y, cuando los demás no lo vieron, me sonrió con la misma afabilidad. Fue la primera vez que vi a Marco Antonio. No le comenté a nadie sobre aquel encuentro, aunque debo admitir que me dejó un raro sabor de boca. Por un lado sabía bien lo que había oído; por otro quería pensar que había escuchado mal.

Ese día fue el primero que pasé completamente sola en la casona de mi abuela. Las ancianas laboraban en el invernadero, no tenía idea de dónde estaba mi madre, pero por la forma en que salió adiviné que regresaría tarde. Me sentí dueña de la casa. Recorrí la estancia sin prisas. Fisgoneé como había querido hacerlo desde la llegada. Tomé todos los objetos que me parecían raros o exóticos y que no me atreví a coger frente a los adultos. Lo primero que levanté en mis manos fue una de las esferas que estaban dentro de un cuenco de plata tan bruñido que podía ver mi cara reflejada en él, con las facciones desfiguradas. Un gran reloj cucú de pared marcaba cada segundo con un sonido que llenaba la estancia y las habitaciones del segundo piso. Su tictac se superponía atropellando otros tictac, de los cuales no lograba inferir su procedencia. Era como si la casa tuviera vida propia y ese ruido sincopado de relojes fuese su latido.

Las esferas de madera del cuenco pesaban como si fueran de metal. Dentro de ellas, en el centro, había un pequeño espacio ocupado por semillas. Si las agitaba sonaban igual que un instrumento musical. El tapete persa más grande de la estancia estaba colocado en medio de la sala. Me hinqué para acariciarlo. Se me figuró demasiado suave para ser simplemente una alfombra. Todos los objetos de la abuela me maravillaban, pero lo que seguía llamando más mi atención era la cantidad de espejos que colgaban en las paredes de su casa.

Los espejos producían reflejos y rebotes luminosos que se cruzaban por diferentes espacios de la casa. Podía ver cualquier ángulo de mí misma: la cola de caballo que mi madre me hacía cada mañana, los moños de mi vestido enlazados magistralmente sin que ningún extremo de la cinta estuviera más largo que el otro, el bordado elegante y fino del suéter rosa que usaba casi a diario, mis zapatos de charol negro resplandecientes. Mi imagen en los espejos se convirtió en una especie de juego para mí: trataba de alcanzar mi perfil, o mi nuca, girando el cuello rápidamente, cosa que siempre resultaba imposible. Fijaba los ojos en la punta relumbrante de mi zapato e, intentando tomarme desprevenida a mí misma, volteaba ágilmente para ver qué encontraba. Mi reflejo invariablemente era tan rápido como yo. Lo hice varias veces, sé que suena tonto, pero en ese momento pareció muy divertido. La diversión terminó cuando en uno de mis giros apareció otra cara que no era el reflejo de la mía. No puedo describirla, era una sombra oscura sin nariz o facción que la dotara de humanidad, y con las cuencas vacías; a pesar de que no tenía ojos pude sentir que me miraba. Mi corazón se aceleró saliendo de su ritmo. Quise gritar pero no pude. Me sentía ligera, como si fuera a caer desmayada. Entonces unas manos se posaron sobre mis hombros. Fue hasta ese momento que solté el alarido; con alivio descubrí que se trataba de mi abuela.

—¡Pero qué grito! ¿Le temes a la abuela?

—No —murmuré avergonzada—, es que vi algo en el espejo.

—Ah, no me extraña —dijo, como sabiendo de lo que yo hablaba—, los espejos son mágicos. Siempre ejercieron una fascinación sobre mí. ¿No te parecen fabulosos?

—No sé —le contesté, sin recuperarme del susto.

—Claro, siempre están ahí, objetos utilitarios que parecen parte de la cotidianidad, como si toda la vida hubieran estado en el mundo. Pero no, el espejo fue inventado en el siglo XIII. Antes, para poder ver su reflejo, la gente usaba metales pulidos.

—Pero, ¿qué es, abuela, qué es eso que vi? —dije, ignorando su clase de historia y sin parar de buscar la sombra al lado de mi yo especular.

—Seguramente nada… o probablemente algo.

Con el paso de los años entendí la atracción de mi abuela por los espejos. Estaba íntimamente relacionada con su pasión por los libros: Lewis Carroll hizo que Alicia atravesara el espejo tras una corta cavilación sobre lo que habría detrás de éste. Hans Christian Andersen escribió sobre una bruja malévola que interrogaba día a día al espejo sobre su belleza. Oscar Wilde reveló la existencia del Espejo de la Sabiduría en un cuento que a mi abuela le gustaba mucho. Pero esa mañana en Ciudad Albazán, al enfrentar el verdadero poder de los espejos, mi abuela me sentó en su regazo para revelarme que en los espejos existe otra vida distinta a la que nosotros conocemos, una parte esencial de este mundo que no es perceptible excepto para algunos iniciados.

—Aquellas creencias que dicen que las personas que no se reflejan en los espejos son los no-muertos tienen fundamento. Aquello que carece de espíritu no puede ser reflejado. Por eso buscan en nosotros la ilusión de su propio reflejo.

—¿Somos nosotros su reflejo?

—Eso piensan algunos. Por eso hay que mantenerlos de ese lado y con esa creencia. Mientras así lo piensen y se les tema, estamos seguros.

—¿Por qué hay que temerles?

Mi abuela ignoró mi pregunta con una de sus típicas sonrisas crípticas. Continuó entonces:

—Si observas tu reflejo con detenimiento en un espejo te darás cuenta de que solamente el poder reconocerse uno mismo, como si se tratara de otro, es algo extraordinario. Hay algo fantástico en un hecho tan simple. Y si te colocas en medio de dos espejos paralelos podrás ver tu imagen repetida hasta el infinito, descubrirás la repetición incontrolable, infinita y recursiva de ti misma. La infinidad del universo está contenida en la infinidad recursiva de los espejos.

A esa edad no había cavilado sobre los espejos, o sobre lo que podría haber de fantástico en ellos; para mí solamente se trataba de un artículo necesario para mi arreglo personal. Me pareció una locura la posibilidad de una vida detrás de ellos, un lugar con ancho, fondo, altura; un mundo con tiempo propio marcado por relojes invertidos. Francamente creí que eran inventos de una anciana.

—Es hora de un postre rico, ¿no crees? —me ofreció para sacarme de la impresión—. Te caerá bien algo de azúcar.

—A mamá no le gusta que coma entre comidas, y menos cosas dulces.

—¿Desayunaste bien?

—Sí.

—Eso merece un premio. Además tu madre de seguro tardará en llegar, no tiene por qué enterarse.

Caminamos abrazadas hasta la cocina. En la mesa de trabajo, de piedra blanca, había dos tartas cubiertas con servilletas de trapo. Una era de calabaza y la otra de manzana.

—¿De cuál quieres? Según yo, a Alfonsina le queda más sabrosa la de calabaza.

—Prefiero de manzana.

—Pues manzana, entonces.

Me senté en uno de los bancos que estaban alrededor de la mesa de piedra. Mi abuela sirvió dos trozos, uno de calabaza para ella, uno de manzana para mí. Comimos en silencio mientras cruzábamos miradas y una que otra sonrisa.

7

Mi madre volvió a casa a la hora de la comida. Lucía más tranquila. Yo estaba jugando en mi cuarto. Me abrazó amorosamente para darme las buenas noticias. Me aceptarían en el colegio a partir del lunes de la siguiente semana. Ya me había comprado el uniforme y pensaba en hacerle algunos arreglos porque creía que me quedaría grande. Me dijo emocionada que Almudena, su mejor amiga durante el poco tiempo que vivió en Ciudad Albazán, sería mi maestra. Extrajo de una bolsa de tela los libros y los cuadernos que le dieron para mí. Los extendió sobre la cama.

—La clase que más me gustaba a tu edad era la de teatro... montábamos obras que nosotros mismos actuábamos —dijo, añorando un buen recuerdo.

Hojeé los libros. No había mucha diferencia con los que había estudiado en la capital.

—Hoy mismo los voy a forrar —dijo emocionada—, compré plásticos de diferentes colores en la papelería para que distingas qué libro va con qué libreta y a qué materia corresponden.

Mi madre era hacendosa y perfeccionista. Desde que vivíamos en la capital se esmeraba porque mis cosas tuvieran una presentación impecable. En la escuela a la que asistí antes de llegar a Ciudad Albazán los niños me miraban con recelo. Mi apariencia continuamente me granjeaba elogios. Mi peinado siempre era perfecto; mi madre cuidaba que la raya que dividía mi cabello en dos colas estuviera recta. Si me peinaba con una sola cola de caballo ni siquiera el nacimiento del cabello nuevo quedaba fuera de lugar.

Mis útiles también llamaban la atención de las maestras. Solía forrarlos con tela para que duraran más tiempo. Después de recubrirlos recortaba figuras con fieltro de colores distintos que designaban la asignatura de cada libro y libreta: si eran de matemáticas hacía figuras geométricas, si se trataba del libro de español entonces les pegaba letras correctamente delineadas en tipo manuscrito. Más tarde cubría los útiles con plástico transparente que estiraba de tal forma que quedaba totalmente liso, tenso, sin grumos.

—Seguro harás muchos amigos en la escuela, ya lo verás —me aseguró con una sonrisa.

Lo que mi madre no sabía es que ser la niña con las calificaciones más altas de la clase, vestida de manera impecable, con los útiles más cuidados y tan pulcra que los zapatos siempre fulguraban como nuevos, no me colocaba en el primer lugar de popularidad con mis compañeros. En la capital me hacían burla. Se reunían en grupos a la hora del recreo y cuchicheaban al tiempo que me veían por el rabillo del ojo con desaprobación. Les caía mal mi imagen de niña obediente que no jugaba a las carreras ni a la pelota para no ensuciarse la ropa. Pensaban que era una presumida. No sabían que me moría de ganas por jugar con ellos, por revolcarme en el jardín arrebatándoles la pelota pero la imagen cansina de mi madre al bordar mis vestidos, forrar mis libretas o pulir mis zapatos me impulsaba a cuidar todo como si fueran artículos de lujo. Su orgullo era tal cuando admiraba mi espléndido peinado frente al espejo que jamás jugué con algún compañerito por temor a que alguna mecha de cabello se me saliera de lugar. Era poca la alegría que podía darle. Ella siempre andaba sollozando a solas o desahogándose con mi padre por los terribles recuerdos que tenía del poco tiempo que había vivido al lado de su madre. A veces despertaba en medio de la noche bañada en sudor por las pesadillas. Gritaba entre sueños, "no, que no me agarre, no, ayúdenme". Mi papá la despertaba zarandeándola de los hombros. Una ocasión en que no se dieron cuenta que yo los espiaba por la ranura de la puerta, él tuvo que darle una cachetada para que reaccionara e inmediatamente después la abrazó contra su pecho para consolarla.

Mamá me aleccionaba sobre la importancia de ser una niña decente, pulcra, modosita, bien portada y, aunque sus argumentos no me convencían mucho, me gustaba hacerle caso para complacerla, para darle un poquito de alegría.

Mi madre me despertaba con sus gritos cuando tenía pesadillas. Yo no podía conciliar el sueño después. Me camuflaba entre las sombras de la noche para escuchar sus conversaciones. Recostada en el piso, pecho tierra, oí la historia del hombre malo que perseguía a mi madre en sus pesadillas. Ella no sabía quién era pero recordaba que vestía ropa haraposa aparentemente prestada, detalle que dedujo porque en algunas partes de su cuerpo la ropa le quedaba grande mientras que en otras le apretaba. La piel del cuerpo del hombre malo era de razas distintas. Algunas partes blancas como los caucásicos, otras oscuras como de inmigrantes del Medio Oriente, pero toda la superficie del mismo tono amarillento que segregaba un olor dulzón desagradable. La textura de su piel también era diferente. En ciertas zonas se veía lisa, con la apariencia lozana de los jóvenes, en otras rugosa y marchita como si fuera la de un viejo. A juicio de mi madre, en las coyunturas donde se unían estos colores y texturas se abultaban pliegues que daban la apariencia de costuras. Mi madre juraba que en alguna parte de ese cuerpo monstruoso había visto brotar un gusano, lo que sumó repugnancia al terror. Recordaba vagamente las cicatrices en el rostro; mas no podría olvidar los ojos amarillos que la miraron fijamente al intentar agarrarla de un brazo. El engendro que la perseguía movía la boca con dificultad, despegaba sus labios negruzcos intentando emitir alguna palabra pero mi madre jamás se detuvo a escucharlo.

El hombre de sus pesadillas le acechaba en los rincones de la casa. Nadie más que ella podía verlo. Su nana Alfonsina la acompañaba e intentaba tranquilizarla contándole que ella también sufría pesadillas, la tomaba de la mano hasta que lograba quedarse dormida. A las pocas horas que Alfonsina había regresado a su cuarto mi madre se volvía a despertar con la sensación de que ese ser seguía oculto en el armario o bajo la cama, esperando que ella pusiera un pie en el piso para arrastrarla de los tobillos hacia un agujero. Mi madre se enrollaba con sábanas y cobija asegurándose de que ninguna parte de su cuerpo, por pequeña que fuera, quedara a merced del hombre hecho de retazos. Así llamó al monstruo que le acechaba en casa de mi abuela: el Hombre Retazo.

Cuando se animó a contarle a mi abuela sobre la existencia del Hombre Retazo ésta no le dio mayor importancia. Sólo le dijo "no es tan malo tener miedo, hijita, es parte de la naturaleza humana. Los que nunca tienen miedo son idiotas. Hay momentos para todo, también para temer". Las lecciones de mi abuela desquiciaban a mi madre, que, cada vez que debía cruzar el largo pasillo para ir al baño, se moría de miedo. Tan sólo de recordar aquellas noches entraba en pánico. Se dejaba caer sobre mi padre envuelta en llanto. Por eso la decisión de volver a Ciudad Albazán, en particular a casa de mi abuela Eduviges, fue su última opción.

—Le pedí a Almudena, quien además de maestra es la directora de la escuela, que me permitiera dar clases. Va a consultarlo con los padres de familia. Si ellos lo aprueban tendré trabajo y empezaré a juntar dinero para regresarnos a la capital.

—A mí me gusta aquí —le dije con inocencia.

—Sé que la casa de tu abuelita es hermosa y que no sabías lo que es vivir en una mansión con nana y todas estas cosas, pero a veces, hija mía, eso no sirve de mucho. Las virtudes no tienen que ver con las posesiones materiales.

Su rostro mostraba preocupación. Recogió los útiles para meterlos nuevamente en la bolsa. Me miró a los ojos y, al darse cuenta de que mi cola de caballo se había movido un poco de lugar, me hizo señas de que me volteara para arreglármela nuevamente.

—No quiero alarmarte, ni que andes por el pueblo con miedo —dijo mientras me deshacía la cola para peinarla nuevamente—. Pero, ¿recuerdas los carteles que vimos en la estación de trenes cuando llegamos?

—Sí, mamita, lo recuerdo muy bien.

—Hace tiempo que los niños de Ciudad Albazán desaparecen. Nadie sabe dónde van o qué les pasa. La policía no tiene la mínima idea de lo que les ocurre.

—¿Un robachicos? —pregunté con ingenuidad.

—Puede ser… en realidad no hay pistas de nada. Sólo te pido que no salgas sola de la casa, que si juegas en el jardín no lo hagas cerca de la reja. Le pediré a Alfonsina que asegure el candado cada vez que entre o salga. Yo misma te llevaré a la escuela e iré por ti. Estarás cuidada y protegida, pero por favor, no me desobedezcas.

—No, mamita —dije, sintiéndome culpable de aquella noche en la biblioteca y del libro que había escondido bajo el colchón y que empezaría a leer esa misma noche.

8

El día transcurrió lánguidamente. Comimos a las dos de la tarde en punto. Mi madre y mi abuela cruzaron palabras amables para dejar sentado que la discusión había quedado atrás. Ninguna torció el brazo con una disculpa, simplemente alabaron de manera casual el sabroso guiso que Alfonsina había cocinado.

Por la tarde, mi madre se aposentó en el comedor para forrar mis libros. Yo me senté a su lado e hice planas de caligrafía. Mamá estaba obsesionada con la letra. Si veía alguna nota o algún escrito de cualquier persona no podía quedarse callada, hacía comentarios como "qué bonita manuscrita" o "esas letras parecen garrapatas". Por lo mismo me ponía de tarea hacer planas. Los ejercicios eran con un lápiz de punta fina. Colocaba al lado de mi libreta varios lápices con la punta recién sacada para que yo no perdiera tiempo con el sacapuntas. Esa tarde hice diez planas. Unas consistían en círculos entrelazados sin despegar la punta del lápiz del cuaderno, otras eran dibujar líneas inclinadas, pegaditas, sin despegar el lápiz.

Las dos estábamos concentradas en nuestros quehaceres cuando Alfonsina dijo que serviría la merienda: pan dulce con chocolate caliente.

—Anda, María José, a lavarse las manos —dijo mi madre.

Me levanté de la silla al mismo tiempo que ella. Corrí a las escaleras olvidando que a mamá no le gustaba que corriera dentro de la casa; decía que los accidentes pueden ocurrir en un segundo. Pero esa vez no me dijo nada, me dejó echar la carrera. Mi abuela ya nos esperaba en el comedor, ataviada elegantemente con un vestido verde olivo con cuello de tortuga. Cenamos en silencio, salvo uno que otro comentario trivial. Alfonsina entró con la canasta de pan y la colocó en el centro de la mesa.

—Acabo de traerlo de la panadería, está recién salido del horno.

—Alfonsina, tú tan consentidora como siempre —le dijo mi madre con una mirada de agradecimiento.

Alfonsina esbozó una leve sonrisa. No respondió palabra alguna, era su costumbre no decir mucho.

—Por lo visto ya empezaron a hacer pan de muerto —comentó mi abuela mientras decidía si elegir ése o sus tradicionales churros.

El clima en Ciudad Albazán había cambiado en un par de días. Las nubes grises, que asfixiaban los rayos de sol que los pueblerinos añoraban, se habían disipado. El sol empezó a brillar tenuemente, acompañado de un viento fuerte, helado, que levantaba el vestido de las mujeres que soltaban un grito por la consternación. Las hojas de los árboles caían una tras otra sin darle descanso a los empleados municipales que las barrían de las aceras. En tan sólo unas horas el jardín de mi abuela se cubrió de una alfombra improvisada de tonos ocres, rojos y dorados que cayeron de sus amados abedules y arces.

El viento, auxiliado por las decenas de ventanales de la casa, silbaba lo que parecían palabras. Los vidrios vibraban cuando soplaba con más fuerza. Durante la cena se abrió una de las ventanas del piso superior y golpeó contra la pared. Mi madre dio un brinco, en un sobresalto que me produjo una risita discreta. El viento a mí no me ponía los nervios de punta.

—Es el viento, mami —dije, intentando tranquilizarla.

—Ya sé que es el viento, María José, sólo que me tomó desprevenida.

Es cierto que en la casa de mi abuela la cosa más insignificante podría parecer tétrica, pero a mí no, que estaba acostumbrada a no temer boberías. Me causaban risa los niños que no podían dormirse con la luz apagada o que veían seres amenazantes en cualquier resquicio de sus habitaciones.

Mi abuela Eduviges ni siquiera levantó la vista del plato. Siguió saboreando el pan de muerto como si nada hubiera sucedido. Cené más rápido que de costumbre. Quería subir a mi recámara para iniciar la lectura del libro que mi abuela me había regalado. Me comí los churros rápidamente y apuré el chocolate de un sorbo.

—¿Cuál es la prisa? María José, es muy feo que una señorita se atragante la comida

—¿Te acuerdas, Augusta? —dijo mi abuela—. Lo rápido que desayunabas los domingos para salir a jugar con Almudena.

—Sí, mamá, me acuerdo —le respondió sonriendo mi madre, evocando la escena.

—Perdón, mami, es que estoy cansada y me quiero ir a dormir —las interrumpí.

—Vete a dormir si quieres pero te lavas los dientes antes… y no vuelvas a comer así, por favor.

—Sí, mami, te lo prometo.

Mi abuela no hizo más comentarios. El enfrentamiento que habían tenido recientemente la había puesto cautelosa. No quería más disgustos con su hija.

—Dales un beso de buenas noches a tu abuela y a Alfonsina.

Me dirigí hasta el lugar de mi abuela. Le planté un beso en la mejilla.

—Buenas noches, abuelita.

—Buenas noches, mi vida —me respondió, devolviéndome otro.

Igualmente me despedí de Alfonsina. Subí las escaleras sin correr, fingiendo que todavía era una niña obediente. Después de lavarme la boca me puse la pijama. Coloqué los cojines en los sillones de la salita de mi habitación. En la cama había tantos cojines que si no los quitaba hubiera podido dormir sentada. Me quedé solamente con una almohada. Preparé la cama para acostarme como mi madre me había enseñado: desdoblando en un triángulo perfecto la sábana, el cobertor y el edredón del lado en que iba a meterme. La cama era grande, tan grande que pensé en recostar a mi costado a Laila, Stevané, Ricarda, Solveig y Anaranda, sin embargo, al verlas inertes, sin vida, pensé que ya no estaba en edad de dormir con muñecas.

Justo afuera del ventanal de mi recámara había un árbol. Las ramas debían ser cortadas constantemente porque de lo contrario se habrían metido al cuarto. Pero hacía mucho que no lo podaban y el ramal pegaba violentamente en el vidrio. En ese momento pensé que alguien más debía ocuparse de las labores pesadas de jardinería; no me imaginaba a mi abuela o a Alfonsina trepadas en una escalera cortando ramas rebeldes. El ruido que hacían al chocar con el ventanal no me molestaba. Tampoco el silbido del viento que subía y bajaba de volumen en ráfagas impredecibles. Encendí la luz de la lámpara. El libro iniciaba así:

8 de mayo

¡Qué hermoso día! He pasado toda la mañana tendido sobre la hierba, delante de mi casa, bajo el enorme plátano que la cubre, la resguarda y le da sombra. Adoro esta región, y me gusta vivir aquí porque he echado raíces aquí, esas raíces profundas y delicadas que unen al hombre con la tierra donde nacieron y murieron sus abuelos, esas raíces que lo unen a lo que se piensa y a lo que se come, a las costumbres como a los alimentos, a los modismos regionales, a la forma de hablar de sus habitantes, a los perfumes de la tierra, de las aldeas y del aire mismo.

La puerta de mi recámara se abrió de golpe. Saber que hacía algo a escondidas de mi madre me produjo un sobresalto. Escondí el libro bajo las colchas instintivamente.

—¿Qué haces? Pensé que tenías mucho sueño —dijo mi madre al entrar.

—Sí, pero estaba viendo las ramas del árbol que se azotan contra la ventana.

—¿Te molesta? Si te molesta puedes dormir conmigo.

—No, de hecho hasta me gusta; me gusta el viento, su silbido, cómo hace que las cosas se muevan.

Mi madre sonrió entre orgullosa y enternecida.

—Eres una niña muy especial, ¿sabes?

—Sí —contesté—, tú siempre me lo dices.

Mi madre me dio un beso en la frente antes de salir de la habitación.

—No olvides apagar la lámpara.

—No lo haré.

En el momento que tuve la certeza de que ya había atravesado todo el pasillo y entrado a su cuarto, me levanté de puntitas para volver a cerrar la puerta del mío, que ella había dejado abierta. Con el sigilo y la emoción de quien hace algo secreto, saqué el libro de debajo de las sábanas. Volví a abrirlo. Me maravilló la forma en que cada frase se engarzaba a la otra, en una cadencia que abría mi imaginación como nada lo había hecho antes.

A eso de las once pasó frente a mi ventana un largo convoy de navíos arrastrados por un remolcador grande como una mosca, que jadeaba de fatiga lanzando por su chimenea un humo espeso. Después, pasaron dos goletas inglesas, cuyas rojas banderas flameaban sobre el fondo del cielo, y un soberbio bergantín brasileño, blanco y admirablemente limpio y reluciente. Saludé su paso sin saber por qué, pues sentí placer al contemplarlo.

Pude ver los navíos cruzando el mar a una velocidad acompasada por el viento tenue. Distinguí con claridad cómo uno de ellos exhalaba una columna de humo negro y espeso. En ese momento ya no era el narrador quien admiraba el desfile de barcos desde la orilla, era yo, vestida con ropa antigua y elegante como la que usaba mi abuela, quien se maravillaba por la belleza de las goletas inglesas. Al igual que el personaje que contaba el cuento, llamó mi atención, por encima de los demás navíos, el bergantín que venía al final de la hilera. Era blanco, con dos mástiles tan altos que parecían rasgar las nubes. En los mástiles se tensaban velas cuadradas, blancas, relucientes como el mismo barco, que colgaban de los mástiles que atravesaban el eje de la nave desde la proa hasta la popa. Quise contar las velas. Sumé diez sin considerar las dos pequeñas banderillas en forma de triángulo que coronaban el navío. El bergantín era bello, de un color tan blanco que inspiraba pureza, con un casco níveo y pulido que refractaba luces brillantes que cegaban mis ojos. Sin saber por qué, sin pensarlo siquiera, levanté mi mano para saludar la tripulación del barco a pesar de que no se veía nadie en cubierta. Continué leyendo hasta que el cansancio venció mis párpados.

Un golpe seco me despertó de golpe. Por un momento me asusté, no obstante, al ver las hojas de las ramas chocar contra el vidrio de la ventana, me reí de mí misma. Otro ruido cavernoso sonó dentro de la habitación. Se trataba de mí. Quizás había cenado muy deprisa, pero apenas salí de la cama para cerrar bien las cortinas, mi estómago hizo el característico sonido de "dame de comer". Me puse mi batita fucsia de franela sobre la pijama y mis pantuflas rosadas.

Me asomé por la puerta de la recámara para asegurarme de que no hubiera nadie. El pasillo parecía un túnel subterráneo sin iluminación, la garganta de una ballena que ha cerrado las fauces después de engullir la merienda. Regresé al cuarto al recordar que en uno de los buroes había una vela a medio consumir y una caja de cerillos. Tomé la vela, la prendí y bajé a la cocina por algo de comer.

A veces, cuando mi madre se despertaba por una pesadilla y de paso me despertaba a mí, yo no volvía a conciliar el sueño tan rápido. Entonces iba a la cocina a tomar un vaso de leche caliente y galletas de chocolate. Deduje que en la cocina de mi abuela también debería haber galletas. Bajé las escaleras con cuidado; la luz de la vela no era suficiente para alumbrar todos los escalones, con trabajos iluminaba donde yo pisaba, escalón por escalón, sin prisa. Una luz tenue que se infiltraba por los tímidos faroles de la calle proveía algo de claridad en la estancia. Al bajar las escaleras tuve la sensación de que alguien más caminaba a mi lado. Volteé hacia donde sentí la presencia. Descubrí mi imagen reflejada en uno de los muchos espejos de la casa. Me sentí tonta. Estaba segura de que la silueta reflejada en la mañana era producto de mi imaginación. ¿Qué podría haber dentro de los espejos? Nada.

Los objetos de la estancia adquirían otro aspecto de noche. Las siluetas inofensivas de la tarde parecían esconder formas amenazantes. Algunos esquineros aparentaban un hombre acechante. Los respaldos de las sillas del comedor eran tan altos que cualquiera hubiera podido pensar que había gente sentada en ellas. A pesar de llevar pocos días en la casa había aprendido a relacionarme con ella, a recordar detalles que para alguien más podrían pasar inadvertidos. Atravesé la estancia despacio, con la serenidad de quien no teme ninguna emboscada.

Una vez en la cocina, al encender la luz, descubrí un hombre sentado en un banco de la mesa de trabajo. Mi conmoción fue tal que dejé caer la vela al piso. La cera derretida manchó mis pantuflas, al menos no iba descalza como la otra noche, pensé al recuperarme de la impresión. El hombre, de aproximadamente cuarenta años, se acercó a ayudarme. No sé por qué pero no tuve miedo. Tomó mis pantuflas para quitarles la cera endurecida. Hasta ese momento no habíamos cruzado palabra; a la sazón caí en cuenta de que se trataba de un mozo. Su color de piel era peculiar, si bien la tez era morena clara como la de mi papá, desde ciertos ángulos destellaba un color cetrino. Era calvo, sin vello en ninguna parte visible de su cuerpo. Deduje que tal vez padecía alguna enfermedad rara. Su cabeza brillaba como una bola de boliche aunque la forma de su cráneo era más bien la de un foco. No tenía cejas. Por boca exhibía unos labios delgados y negruzcos. Los ojos eran pequeños, rodeados por imperceptibles pestañas y ojeras profundas que daban la sensación de un hundimiento mayor que el de las cuencas naturales. Vestía un pantalón negro liso con una camisa blanca abotonada hasta el último ojal. Mientras desmenuzaba cada una de sus facciones, él ni siquiera volteó a verme. Terminó de limpiarme las pantuflas, me hizo señas de que me sentara y me las puso como si yo fuera una niña de cuatro años. Seguro era él quien se ocupaba de las labores más pesadas de la casa como cortar las ramas altas de los árboles, lavar los ventanales y las gárgolas.

—¿Leche caliente y galletas de chocolate? —me preguntó.

—Sí, por favor —contesté.

Extrajo una jarra del refrigerador. Sirvió una cantidad considerable en un pocillo de metal plateado. Encendió la estufa al tiempo que lo colocaba sobre el fuego. Tomó una silla, la arrastró hacia una de las alacenas, se subió con cuidado y bajó un recipiente de cerámica de color azul que decía "azúcar".

—Me gusta la leche sola, sin azúcar —le advertí.

—No es azúcar —entonces noté que su voz era ronca y rasposa—. Aquí esconde Alfonsina las galletas de chocolate.

—¿Y por qué las esconde?

—Porque sabe que si no lo hace me las como todas.

La leche burbujeó en señal de que ya estaba hirviendo. El hombre apagó la hornilla y sirvió dos tazas.

—Se me pasó de caliente.

—¿Y no te esconden la leche?

—No hay manera de que lo hagan, ya se resignaron a que me la tome toda —dijo en lo que me pareció un tono de burla—. Me gusta mucho la leche y también el agua.

Vació el líquido al pocillo para enseguida regresarlo a la taza. Hizo esto varias veces; mi madre hacía lo mismo si quería enfriar algo que se le pasaba de caliente. Probó su taza de leche, con un gesto expresó que ya estaba a la temperatura adecuada. Jaló el banco en el que se había subido para alcanzar la alacena y lo arrastró a la mesa de trabajo. Sentado a mi costado, puso el plato con galletas en medio de los dos, las saboreamos en silencio dando sendos tragos de leche.

—¿Qué hacías levantado a esta hora de la madrugada y a oscuras en la cocina? —le cuestioné como nieta de la patrona.

—¿Y qué haces tú levantada a estas horas de la madrugada y en la cocina? —me respondió, siguiendo el juego.

—¿Yo? Tomando leche con galletas.

—Pues yo igual.

Su respuesta no me satisfizo. Las ramas de los árboles estaban ya muy largas, era obvio que no había hecho su trabajo.

—Pero, ¿por qué a oscuras?

—Porque la luz me lastima los ojos. Da lo mismo que sea el sol o un foco de veinte watts, soy fotosensible.

—¿Qué?

—Que mis ojos son muy sensibles a la luz. Prefiero estar a oscuras. Así hago mejor mi trabajo. La señora ya lo sabe y no le importa.

—Pues cuando puedas corta la rama que golpea en mi ventana... otro viento como el de hoy podría romper el vidrio.

—Te prometo hacerlo pronto. Pero ahora vete a dormir, yo levanto todo y lavo los trastes para que no nos regañen a ninguno de los dos.

Me dije para mis adentros "otro secreto más", no obstante sabía el regaño al que me sometería mi madre si se enteraba de que estuve despierta a las tres de la madrugada comiendo galletas y platicando con el mozo de la casa.

—Que conste, eh, limpias bien.

El mozo asintió con la cabeza. Regresé a mi cuarto con la vela encendida. El pasillo que comunicaba las habitaciones continuaba sin novedad, señal de que nadie me había descubierto. Entré a mi recámara. Escondí el libro bajo el colchón y caí dormida casi al instante.

9

La vida de mi abuela Eduviges en Villa Alberina se volvió un infierno, tal como su madre lo había predicho. Las mujeres Cué se dedicaron a vigilar sus movimientos y costumbres. Utilizaban cualquier pretexto para llegar de improviso a casa de los recién casados. Mi abuela, que no era una muchachita ingenua, sabía que algo tramaban en su contra, pese a ello las trataba con hospitalidad, con la esperanza de borrar de sus mentes la desconfianza.

Los imprevisibles cambios climáticos que arruinaban las cosechas de la región hicieron que el pueblo entero se volteara contra mi abuela. A ella le bastaba atravesar una calle para percibir que todos los ojos la seguían de manera perversa, pretendiendo amilanar su ánimo. Ella, sin embargo, no cejaba en su porte ni en los buenos modales. Sin bajar el rostro, estirando el cuello como garza orgullosa, devolvía cada mirada con una sonrisa amable y un "buenos días".

A diferencia del resto de las mujeres de Villa Alberina, incluso de las de Ciudad Albazán, mi abuela no estaba dispuesta a permitir que el yugo masculino aprisionara el libre albedrío de las mujeres; pero tampoco la docilidad de aquellas que, a fin de agradar a los hombres, se aliaban para destruir a las que no encajaban en su pequeño molde de buenas costumbres. Todos los hombres del pueblo odiaban y temían a Eduviges Berenguer de Cué. Todas las mujeres envidiaban su altivez, ecuanimidad e inteligencia.

A finales de enero mi abuela decidió hacer algo para mejorar la siembra y el ánimo de los lugareños. Por el adiestramiento que su madre le había dado recordó un libro, más bien un grimorio, en el que una hermandad de hechiceras celtas describían un ritual que auguraba buena cosecha. El dos de febrero era el día considerado para la iluminación: una fecha significativa para hallar solución a los problemas y superar los obstáculos interpuestos en el camino.

Mi abuela repitió el ritual. Colocó cinco velas blancas en el piso formando un círculo, en el centro puso varias ramas de laurel, luego caminó alrededor y, a cada vuelta que daba, hacía una petición: que la siguiente cosecha fuera abundante para reponer las pérdidas de la anterior, que sus cuñadas pudieran ver todo lo bueno que les podía brindar, que su amado Santiago no muriera en el consabido lapso de doce años, que los malintencionados se mordieran la lengua antes que soltar una mentira acerca de ella. Dicho esto invocó al dios de la fertilidad que le aseguraría la claridad necesaria para enfrentar días turbios. Justo después de recitar la oración, un fuerte viento que anunciaba una tormenta terrible abrió las puertas del balcón y apagó las cinco velas de un mismo golpe. En ese momento Pilar, quien espiaba por una rendija que daba al patio, concluyó que esa brujería era para atraer el mal y la zozobra a La Piadosa.

Mi abuela, triste, con los hombros echados hacia delante, supo entonces que sus oraciones no habían sido atendidas y que no había nada que pudiera hacer ante las condiciones de desasosiego que reinaban en su nueva familia.

Si bien las tempestades habían llegado a Villa Alberina con mi abuela, no había sido ella la causante de éstas sino las palabras malintencionadas, el daño lacerante de los rumores, la intención truculenta con que se murmuraban palabras piadosas.

En aquel momento mi abuela ya estaba embarazada de mi madre, a unas semanas de dar a luz y aun así no dejó de cumplir las obligaciones que las Berenguer asumían. Trató de no pensar más en la animadversión que les inspiraba a las Cué; otras preocupaciones perturbaban su sueño.

Por Alfonsina supo que la salud de su madre había desmejorado. Tenía que volver a su lado para cuidarla. Si desafortunadamente ella moría durante la enfermedad, Eduviges tendría que trasladar la biblioteca y el mecanismo a La Piadosa, donde seguramente los verían con malos ojos. Decidió confesarle todo a su amado Santiago esa misma noche. El amor que sentía por él le orilló a creer que respetaría sus creencias.

Pero Pilar se adelantó a la confesión de mi abuela. Corrió en busca de sus hermanas y les relató lo sucedido añadiendo detalles de su propia invención; las hermanas lo transmitieron a sus padres y éstos mandaron a llamar a Santiago. El cónclave familiar estaba listo para recibirlo con una retahíla de reproches y "te lo dije". Todos estuvieron de acuerdo en que desde el primer día que arribaron a La Piadosa, esa mujer pálida de saber ilustrado y que hablaba perfectamente cuatro idiomas ocultaba un secreto ignominioso. Su familia le echó en cara a Santiago haber metido en la hacienda a una bruja, a una creyente pagana de magias y hechizos, a una concubina de Satanás poseedora de artilugios que destruirían el pueblo y a la familia Cué. En un principio Santiago no lo creyó, reclamó a Pilar la mala intención que ésta tenía contra su mujer, pero Pilar le lanzó un reto: "si no me crees, échale un vistazo a los libros que guarda en tu despacho... seguro allí encontrarás lo que ocasionó este temporal".

Mi abuelo Santiago, lleno de dudas, corrió a buscar a su esposa pero ella había salido al pueblo con la cocinera para conseguir la hierba santa que necesitaba para el guisado de ese día. Mi abuelo no esperó su regreso. Entró de golpe al despacho y tomó el primer libro que vio, *El monje*; el título le tranquilizó por un momento. ¿Qué podría haber de maléfico en las paredes de un monasterio?, pensó. Mas al hojearlo, a salto de página, descubrió párrafos que describían a Ambrosio como un monje lascivo que hacía pactos con el diablo y que era capaz de cualquier atrocidad con tal de no ver herido su endiosamiento. Lo dejó caer al piso horrorizado. Tomó otro: *Tratado sobre las apariciones de espíritus y vampiros.* Lo abrió en cualquier página y leyó en voz alta: "Se escoge a un muchacho de edad que no haya hecho todavía uso de su cuerpo, es decir, que sea virgen. Se le monta desnudo sobre un caballo que no haya nunca flaqueado, caballo que tiene que ser además completamente negro, y se le hace pasear por el cementerio, y pasar por encima de todas las fosas; aquélla sobre la que el animal rehúse pasar, por más golpes que se le aticen, se considera que está ocupada por un vampiro".

Soltó el ejemplar sobre su escritorio. Conforme abría más libros su rostro se endurecía. Entre pilas de ellos encontró una caja que revisó desconfiado porque temía hallar objetos de hechicería. Se trataba de revistas viejas con páginas seleccionadas por separadores de metal con el escudo Berenguer: la *Burton Gentleman's Magazine* de 1839 con *La caída de la casa Usher* de Edgar Allan Poe, la *New Monthly Magazine* de 1819 con *El vampiro* de John Polidori, la *Gil Blas* de 1886 con la primera versión de *El Horla* de Guy de Maupassant. Mi abuelo sacó la caja de revistas hasta el pórtico de su casa y la tiró al piso. Mi abuela, que en ese instante regresaba del pueblo acompañada por la cocinera, alcanzó a ver cómo su querido Santiago rociaba las revistas con alcohol antes de dejarles caer encima un pedazo de tela encendida. Las llamas devoraron en pocos segundos los papeles amarillentos. Mi abuela corrió hasta donde se encontraba la caja en llamas, se hincó y se quitó la chalina que llevaba puesta con el propósito de sofocar el fuego.

—¿Pero qué has hecho, Santiago, qué has hecho? —le preguntó, atragantada por el llanto.

Por respuesta, mi abuelo la levantó del cabello y la arrastró al fondo de la casa. Los peones observaban la escena desde los maizales mientras Alicia, Pilar y Carmela estaban de pie, adustas y calladas, a unos cuantos metros de donde acontecía. Se escucharon gritos, insultos, golpes y el llanto incontenible de mi abuela Eduviges, pero nadie corrió a ayudarla.

Después de aquella tarde ningún peón volvió a encontrarse con Eduviges fuera de su casa. Los chismosos decían que el patrón Santiago la tenía encadenada a la cama con un grillete. La cocinera, la única mujer que quiso a mi abuela en La Piadosa, contó que la patroncita Eduviges empezó a padecer terribles dolores de parto por la golpiza que su marido le había propinado. Lo cierto es que mi abuela no volvió a ver el cielo hasta después de dar a luz a mi madre.

10

La mañana posterior a mi encuentro con el mozo desperté sin ayuda de mi madre o del despertador. El reloj de dragón en el buró derecho marcaba las ocho de la mañana. Las cortinas de la ventana estaban abiertas pero yo habría jurado que las había cerrado la noche anterior. No hice mucho caso, a veces uno realiza acciones de manera automática, sin pensarlo, por lo que más tarde no recordamos si lo hicimos o no. El viento había cesado y el sol había desaparecido. Era una típica mañana nublada en Ciudad Albazán. La temperatura había bajado. Lo supe porque los vidrios de mi ventana estaban helados y por las personas que caminaban por la acera vistiendo abrigos largos. No fue hasta que me percaté del atuendo de los transeúntes que caí en cuenta de que la rama que se azotaba contra los vidrios ya había sido cortada. Después de todo el mozo no resultó tan desobligado, pensé, sólo que su horario de trabajo era diferente. Salí al baño. Me topé con mi abuela en el pasillo.

—¿Ya levantada tan temprano?

—El lunes empiezo a ir a la escuela, me voy acostumbrando ya.

—Qué cumplidita —dijo, revolviéndome el cabello.

Me lavé la cara y me enjuagué la boca vigorosamente. No me gusta, incluso al día de hoy, lavarme los dientes con pasta a primera hora de la mañana. No me quité la pijama por un rato. Era viernes, todavía me quedaban tres días para holgazanear. Cuando entrara a la escuela, las tareas, los exámenes y los deberes me ocuparían de tiempo completo.

Alfonsina, parada frente al fogón, meneaba una gran olla de barro. Por el olor supe que eran frijoles. A mí abuela no le gustaban pero seguramente era un detalle para mi madre y para mí, que nos encantaban en el desayuno. Recordé la noche anterior y sentí curiosidad por saber si la cocina estaba limpia cuando la vieja nana entró. Al mismo tiempo no quería romper el pacto que sellé con el mozo, a quien por cierto, no le había preguntado su nombre.

Guardar secretos empezó a hacerse costumbre en casa de mi abuela. Una parte de mí lo hacía por lealtad, para procurar a los nuevos amigos que estaba conociendo; era así como yo veía a mi abuela y al mozo, como amigos. La otra parte de mí lo hacía porque anhelaba conservar algunas cosas en privado. La razón principal era la primera. Siempre tuve muy en alto el valor de la amistad. Quizá por una conciencia temprana, o por instinto, había llegado a la determinación que a los amigos no se les traiciona con infidencias. Sin embargo el asunto se complicaba si mamá decía ser mi amiga. No resultaba tan sencillo después de todo. Pese a las dudas que revoloteaban en mi cabeza, intenté obtener información de Alfonsina de manera velada.

—La cocina siempre está limpia —aventuré.

—No siempre.

—¿Por qué lo dices, Alfonsina? ¿No estaba limpia esta mañana?

—Mmm, sí, me refería a que a veces hay mucho trabajo... ¿Estaba sucia antes de que yo llegara?

—No, no, lo digo porque la casa es muy grande, y el jardín también... me imagino que mi abuela y tú no pueden mantener todo limpio y en orden, alguien debe ayudarlas, ¿no?

—Tu abuela contrataba mozos por temporadas. No le gustaba tenerlos aquí metidos todo el día, de preferencia les pedía que hicieran las labores pesadas cuando nosotras no estábamos.

—¿Por qué?

—Ideas de tu abuela, "un hombre en casa de dos mujeres solas" —soltó una pequeña risita—. Mejor dicho dos ancianas decrépitas, pero bueno, con todo y lo que tu abuela ha viajado, dice que en los pueblos se deben guardar ciertas apariencias porque la gente es mal pensada y chismosa.

—Sí, pero los mozos son necesarios... ya ves, si no, cómo iban mi abuela o tú a cortar la rama que se azotaba en mi cuarto.

—Sí, por fortuna la madre naturaleza se encargó de ella.

Me quedé impávida. Si para Alfonsina la rama se había caído por el fuerte vendaval, entonces no esperaban al mozo la noche anterior. Sentí escalofríos. Mi madre ya me había advertido sobre los robachicos y los pervertidos a los que les gustan las niñas, aunque él no me hizo nada, ni siquiera sugirió algo inapropiado. Decidí buscarlo nuevamente para interrogarlo sobre su estancia en casa de mi abuela. De pronto se me ocurrió ponerle a Alfonsina una última prueba. Me serví un vaso de leche, lo puse sobre la mesa de piedra, jalé uno de los bancos hacia la alacena donde estaba colocado el recipiente azul que decía "azúcar". En el momento que iba a subirme, Alfonsina me increpó:

—Niña, bájate de ahí que te vas a caer.

—Hoy le quiero poner azúcar a mi leche.

—Para eso está la azucarera —tomó un recipiente blanco en forma de esfera y me lo acercó.

—¿Y por qué no puedo bajar éste?

—En primer lugar porque te vas a caer, en segundo porque no es azúcar y en tercero porque no te doy permiso.

Bajé del banco refunfuñando. Me quedé sin respuestas inteligentes, sin manera de obtener más información sobre el mozo. Si se trataba de un tema prohibido en la casa, ya que mi abuela temía los chismes de los pueblerinos, yo misma lo averiguaría apenas volviera a topármelo.

La noche llegó sin grandes cambios. Mi madre me probó los uniformes para hacerles los arreglos necesarios. Me enseñó uno a uno cómo habían quedado las libretas y libros. Si en primer grado todavía me emocionaba llegar al colegio con útiles impecables, en sexto ya podía ser algo embarazoso; sin embargo ella disfrutaba tanto haciéndolo que a mí sólo me quedaba festejarlo como si tuviera seis años de nuevo.

Cenamos rico al igual que en días anteriores. Una de las cosas que más extrañaría al partir de esa casa sería la comida de Alfonsina, pensé. En la noche mi madre me acompañó a la cama para arroparme. Yo le di un beso largo, con más cariño que de costumbre; empezaba a enternecerme que hubiera pasado tantos temores en aquella casa. Si bien la decoración era lúgubre, nada me resultaba tétrico. Al menos eso pensaba, todavía.

Esperé a que estuvieran apagadas todas las luces de la casa. Era fácil saberlo porque el brillo amarillo que se colaba por debajo de mi puerta cesaba. Prendí la lámpara del buró. Extraje emocionada el libro bajo el colchón. Busqué la página en la que me había quedado, tendría que encontrar un método para marcarlas. Lo hojeé hasta reconocer la frase en la que me había detenido el día anterior.

25 de mayo

¡No siento ninguna mejoría! Mi estado es realmente extraño. Cuando se aproxima la noche, me invade una inexplicable inquietud, como si la noche ocultase una terrible amenaza para mí. Ceno rápidamente y luego trato de leer, pero no comprendo las palabras y apenas distingo las letras. Camino entonces de un extremo a otro de la sala sintiendo la opresión de un temor confuso e irresistible, el temor de dormir y el temor de la cama. A las diez subo a la habitación. En cuanto entro, doy dos vueltas a la llave y corro los cerrojos; tengo miedo... ¿de qué?... Hasta ahora nunca sentía temor por nada... abro mis armarios, miro debajo de la cama; escucho... escucho... ¿qué?...

A media lectura un fuerte golpe sonó bajo mi cama. Apenas avanzaba un párrafo y un ruido inesperado ya me había sacado abruptamente de la lectura. Mi respiración cambió sin advertirlo, el ritmo cardiaco se apresuró. Mi boca no salivaba, sentía un puñado de arena en la lengua. A lo lejos, confundida entre los tictac de los relojes, creí escuchar la entraña de una maquinaria que alguien había echado a andar pero no le presté atención. Entonces sonó otro golpe, pude incluso sentir la vibración en la cama.

Un tiempo atrás había sentido miedo, aunque había sido diferente. Mis padres me habían llevado a misa un domingo, yo tenía cuatro o cinco años. En un descuido de ellos me les separé porque un hombre que vendía globos fuera de la iglesia me decía a señas que me quería regalar uno. Salí de la iglesia sin que mis padres lo notaran. El señor de los globos me tomó de la mano, me dijo que en su casa tenía globos más grandes y bonitos y que si lo acompañaba me los regalaría todos. Lo tomé de la mano, empezamos a cruzar la plaza frente a la iglesia. No sé cómo pero mi padre se percató de mi ausencia, salió de misa y empezó a gritar mi nombre entre la multitud de un domingo a mediodía. Lo escuché a lo lejos, le dije al señor que mi papá también querría globos y que fuéramos con él. El señor de los globos me apretó la mano y me susurró al oído, rozando sus labios con mi oreja, que luego le traeríamos globos a mis papás. Entonces me di cuenta del peligro, me asusté mucho e intenté soltarme, pero el señor me arrastraba ya a la calle. Grité con todas mis fuerzas, entonces mucha gente volteó a vernos. El globero se puso nervioso ante la mirada reprobatoria del gentío. Un joven boleador de zapatos se le acercó desafiantemente.

—Suelte a la niña —le ordenó.

El señor de los globos le dijo que no se metiera. Comenzaban a discutir y en ese preciso instante mi padre llegó. Obligó al señor de los globos a soltarme y empezó a golpearlo. Yo lloraba sin entender qué ocurría. El boleador de zapatos me cargó en un intento por tranquilizarme. Mi madre, que llegó al alboroto bañada en llanto, corrió hasta el joven boleador, un buen samaritano que me depositó en brazos de mi madre mientras ella se desbarataba en agradecimientos.

Recuerdo ese día en que tuve miedo, y al pensar en lo que sentí aquella noche en casa de mi abuela Eduviges, oyendo los golpes bajo de mi cama, sé que fue otra cosa: terror. Un espanto *in crescendo* que poco a poco se apoderó de mí. Por primera vez experimentaba sensaciones que mi cuerpo jamás había registrado. Mis glándulas producían tal cantidad de sudor que la pijama se empapó. Creí que me había orinado en la cama. Los músculos de mi cuello se tensaron en un dolor que no me permitía mover la cabeza sin sufrir la sensación de que mi cuello estaba engarrotado. Se trataba de cambios químicos que no podía controlar. Me repetía a mí misma que no pasaba nada, pero mis pensamientos racionales no se comunicaban con el resto de mi cuerpo. Tuve ganas de vomitar. Los vellos en mi piel se erizaron, sin embargo, no podía parar de leer.

> *¿Acaso puede sorprender que un malestar, un trastorno de la circulación, y tal vez una ligera congestión, una pequeña perturbación del funcionamiento tan imperfecto y delicado de nuestra máquina viviente, convierta en un melancólico al más alegre de los hombres y en un cobarde al más valiente? Luego me acuesto y espero el sueño como si esperase al verdugo. Espero su llegada con espanto; mi corazón late intensamente y mis piernas se estremecen...*

El instinto de supervivencia me advirtió que dejara de leer. Guardé el libro bajo el colchón. Por primera vez en muchos años no apagué la lámpara del buró. La dejé encendida con la esperanza de que, si lograba reconocer mi habitación, me devolvería la tranquilidad de otras noches. Aunque mi recámara ya no era la misma. Las sombras creadas por los muebles me inquietaban. Las figuras de las lámparas semejaban aves de rapiña abriendo el vuelo. Las muñecas de porcelana de mi madre adquirieron una expresión macabra debido a las sombras que la luz de la lámpara producía. Laila, Stevané, Ricarda, Solveig y Anaranda parecían mirarme en lo que percibí como un halo de vida. En las rendijas de las puertas del armario la penumbra se intensificó por el contraste de la luz exterior. Recordé lo que mi abuela dijo que mi madre hacía de niña. Me enrollé de pies a cabeza con el cobertor sin dejar un centímetro de mi piel descubierta; la agitación tardó en pasar pero me sentí segura bajo las sábanas. Los golpes cesaron aunque a lo lejos empezó a sonar el pesado movimiento de alguna maquinaria.

Logré dormir. El sueño no produjo ninguna tranquilidad. Esa noche tuve mi primera pesadilla en casa de la abuela. Me habré quedado dormida tan sólo dos o tres horas; sabía que dormía, que estaba acostada, segura en mi cama bajo los cobertores, aunque al mismo tiempo sentía que alguien rondaba en mi cuarto. Repentinamente ya no fue tan claro si continuaba dormida o si estaba despierta, el sueño y la realidad se confundieron. Quise destaparme de golpe para descubrir en la habitación a mi madre o a mi abuela, pero algo me dijo que no se trataba de ninguna de ellas. La orilla del colchón se sumió como si alguien se hubiera sentado. Me hice bolita bajo las sábanas, apretando con fuerza la tela en un intento de esconderme más. De repente el bulto sentado en el colchón se movió. Dos manos tantearon por encima de mí en el intento de reconocer qué parte de mi cuerpo se trataba, de súbito tocaron mi cara, hasta que por fin hallaron mi cuello. De improviso algo saltó sobre mí con violencia, apretujándome, intentando estrangularme. Traté de zafarme mientras él apretaba y apretaba, ni siquiera pude gritar. En ese instante desperté. Aventé de una patada las cobijas y descubrí al mozo parado en la puerta de mi recámara con una charola en las manos. La primera reacción fue gritar, pero al darme cuenta de que se trataba de él, respiré con alivio.

—¿Qué haces ahí parado? —le interrogué con la respiración entrecortada y la frente bañada en sudor.

—Te traje las galletas de chocolate que tanto te gustan con un vaso de leche caliente. Nadie me regañó, quería agradecerte que no me hubieras delatado.

Extendí la mano en una seña que indicaba que me pasara la charola. Me incorporé en la cama y me senté recargando la espalda en la cabecera. El mozo puso la charola sobre mi regazo. Bebí un par de sorbos, por fin sentí un poco de sosiego.

—¿En esta casa espantan? —le pregunté sin rodeos.

—No precisamente —respondió— pero, si algo he aprendido trabajando de mozo en varias casas, es que los niños tienen una imaginación muy poderosa.

—Eso no responde mi pregunta.

—Será porque yo no puedo responderla.

—Cuando mi mamá era niña y vivió aquí, soñaba que el Hombre Retazo la perseguía.

—¿El hombre retazos? —preguntó en son de burla.

—Sí, estaba como hecho de pedazos de muchos cuerpos muertos —le expliqué acercándole el plato de galletas para que cogiera una.

—Mmm, eso sí que suena feo —dijo, tomando una galleta.

—No sé qué me asusta del libro que estoy leyendo, si se trata de un señor que se está volviendo loco.

—¿Estás segura de que se está volviendo loco? Yo no estaría tan seguro.

—¿Conoces el libro?

—Sí, tu abuela me presta de vez en cuando un libro con la única promesa de que lo lea aquí en la casa. El que estás leyendo ahora lo conozco como la palma de mi mano.

—Entonces, ¿el señor no se está volviendo loco?

—Eso debes averiguarlo tú misma.

—Ay, respondes igual que mi abuela. La verdad no me parece una coincidencia el terror que mi madre tenía en esta casa y el terror que acabo de pasar hoy con la pesadilla, fue horrible y tan real… por eso te preguntaba si aquí espantan.

—Te repito, yo no puedo responder esa pregunta. Lo único que te puedo decir, si me prometes no echarme de cabeza…

—No digo nada, te lo prometo, ya ves que no dije nada sobre la otra noche. Dime, dime.

—Bueno, no sé si espanten aquí, lo que sí sé es que alguien tiene que echar a andar aquello que tu abuela esconde celosamente en el ático.

—¿Qué esconde ahí?

—Te digo que no sé, pero a veces, cuando niños como tú se asustan mucho, parece que una maquinaria empieza a moverse.

Recogió la charola de mis piernas cuando terminé la última galleta. Me sonrió con sus labios negruzcos; más que una sonrisa era como un mohín de sorna. Seguramente le pareció divertida la manera en la que me oculté aterrorizada bajo el cobertor. Después de un rato a mí también me pareció divertido. Me sentí ridícula. Si mi madre me viera se avergonzaría.

El cielo empezó a clarear en la separación que se hacía entre las cortinas mal cerradas, señal de que en poco tiempo amanecería. Un gallo cantó a lo lejos. Apagué la lámpara. No quise que mi madre descubriera que ahora de grande necesitaba una luz en mi recámara para dormir. Recordé la pesadilla sin darle mayor importancia. No sabía que lo peor aún estaba por venir.

11

Al despertar todavía guardaba el regusto de la pesadilla. Entre el susto y la conversación con el mozo dormí pocas horas. Cansada, con ojeras que resaltaban mi tez pálida, salí de la cama antes de que mi madre entrara. El reloj de dragón marcaba las seis de la mañana; no sólo no había dormido bien, esa mañana tampoco podía dormir más. Pensé que era momento de hablar con mi abuela sobre el libro que me había regalado.

Las puertas de los demás cuartos seguían cerradas. Era temprano, incluso para los adultos. Fisgoneé por las habitaciones aledañas a la mía, pero no había mucho que ver en ellas. Eran recámaras para visitas o elegantes salas de estar, excepto por la última habitación al lado de la de mi abuela: una especie de taller de relojero de donde provenían los tictac que inundaban la casa. La habitación era blanca y con un ventanal enorme que acaparaba gran parte de la pared que daba a la calle. Había varias mesas de madera donde yacían varios tipos de reloj con las entrañas abiertas, supuse que eran mesas de trabajo. El resto de los relojes estaban colgados en las paredes.

Uno de los relojes de pared era un *foliot*, nombre que aprendí tiempo después. Es un diseño que data del siglo XIV. Deduje que el segundero era una pequeña barra horizontal con un par de cubos geométricos de madera en cada extremo, la barra giraba ciento ochenta grados originando el sonido usual del tictac. Esta pieza coronaba todo el aparato. Debajo de la barra había una rueda de metal, y justo unida a ésta, la carátula con números romanos.

Al lado del *foliot* había un clásico reloj de péndulo, de un tipo que ya conocía por cromos y anuncios. Su movimiento era regulado por acción de la gravedad, que actuaba sobre una esfera que colgaba de una cuerda hasta la pequeña pieza que movía la rueda. La mayoría de los relojes que estaban sobre las mesas eran mecánicos, de bolsillo y de mano, pero también algunos de arena y de agua, que no entendía cómo funcionaban. En la pared donde había más relojes colgados se veía una puerta muy estrecha, tanto que me recordó un reloj de pie. Después de un rato el ruido en esta habitación se podía volver insoportable; si bien el tictac de un reloj puede ser relajante y hasta hipnótico, el concierto de cuarenta o cincuenta relojes trabajando al mismo tiempo, no necesariamente al unísono, puede quebrarle los nervios a cualquiera.

La puerta estrecha estaba entrecerrada; me acerqué a ella con la agilidad de un pequeño felino. Con el ruido de tanto reloj era improbable que escucharan rechinar los tablones de la duela, pero de cualquier forma avancé cautelosa. Justo en el momento que me iba a asomar por el resquicio de la puerta entornada apareció mi abuela dentro de la habitación.

—Pero qué sorpresa... ¿qué hace este ratoncillo husmeando en este cuarto?

Por un momento me ruboricé. Nunca hubiera sido mi intención que ella pensara que era metiche y curiosa. Mordí mi labio inferior sin saber qué responder. Alcé los hombros en un ademán que quería decir "no sé".

—¿No puedes dormir más? —me preguntó mientras extraía debajo del cuello de su vestido una cadena de oro con una gran argolla en la que había una llave antigua. Se inclinó hacia la cerradura, empujó la puerta estrecha y, al percatarse de que había cerrado el pestillo del picaporte, introdujo la llave y le dio tres vueltas. Volvió a guardar la cadena bajo su vestido.

—Anda, acompaña a tu abuela a que se tome su primer café de la mañana.

Nos tomamos de la mano para salir del cuarto-taller. Lo cerró sin seguro, sólo jalando hacía sí la puerta con fuerza.

—A esta hora no hay nadie de pie, bueno, sólo Alfonsina que debe estar bañándose en su recámara... Ella entra a la cocina a las siete de la mañana pero no importa, yo misma preparo el café y te caliento un vaso de leche, ¿quieres?

Asentí con la cabeza. Una vez en la cocina me acomodé en los bancos. Mi abuela puso la cafetera y la leche en la estufa.

—¿Cómo vas con el libro que te regalé? —me preguntó.

—Bien —dije—, aunque no sé si el tipo que cuenta la historia vive con un fantasma o simplemente se está volviendo loco. ¿Tú qué crees?

—Lo que yo crea no importa. La lectura es una actividad solitaria e íntima, lo que lees tiene que ver única y exclusivamente contigo. Eso es lo más apasionante, es algo sólo entre tú y el libro, ni siquiera el autor importa.

—Quiero decirte algo pero me da vergüenza…

Al escuchar esto mi abuela dejó lo que estaba haciendo. Avanzó hacia donde yo estaba.

—Nunca tienes que sentir vergüenza —me dijo al tomar mis mejillas con sus manos rugosas—. No dejes que te metan ideas en la cabeza, uno es quien es con sus defectos y sus virtudes, con sus ratos buenos y malos, con sus buenos y malos pensamientos. ¿Pero qué puede avergonzarle a una niña de doce años?

—¿Recuerdas cuando te dije que yo no le tenía miedo a nada?

—Sí, lo recuerdo muy bien.

—La noche de ayer tuve mucho miedo… creo que se trató de una pesadilla porque cuando desperté me tranquilizó pensar que todo había sido un sueño, pero mi cuerpo seguía agitado, empapado en sudor, tembloroso, sin que yo pudiera evitarlo… me siento tan tonta.

Mi abuela tomó su taza humeante de café y mi vaso de leche y los colocó sobre la mesa.

—Mira, María José, ya te había dicho antes que el miedo no es algo necesariamente malo, el peor miedo es tenerle miedo al miedo, o dejar de hacer cosas por miedo… Existe un miedo necesario sin el cual no tendríamos instinto de supervivencia, ni aprenderíamos lecciones necesarias, ni se mantendría el equilibrio que el hombre necesita para vivir. ¿Has escuchado aquel refrán que dice "el valiente vive hasta que el cobarde quiere"? Es un dicho que tiene mucho de cierto; los valentones temerarios no suelen ser los más inteligentes pues de niños el miedo jamás los puso en su sitio. Los más crueles jamás sintieron miedo de niños, por lo que no sienten consideración hacia los demás.

—Para mí los miedosos son más bien los cobardes.

—Los que piensan dos veces el peligro que podrían enfrentar antes de tomar decisiones no son necesariamente cobardes, son aquellos que fueron aleccionados en algún momento de su niñez. Aprendieron que en sentir miedo a veces está la diferencia entre la vida y la muerte, también el impulso de proteger a los más débiles.

—¿Entonces el miedo es bueno?

—Depende. Debes saber que hay diferentes tipos de miedo. Hay uno inservible: el que teme todo aquello que no entiende porque es diferente, que empuja a la crueldad y la violencia. Y hay otro muy distinto, aleccionador, que nos enseña a ponernos en los zapatos de otros sin perder la cordura. Que no te dé vergüenza sentir miedo, y que tampoco te dé miedo sentir miedo, sólo debes aprender a diferenciar entre ambos.

Sonreí, me sentí menos boba, de cierta forma una niña ordinaria como las demás, sin pretensiones absurdas de no temerle a nada o de querer ser perfecta en todo. Me gustaba mi abuela, con ella estaba aprendiendo cosas que nunca hubiera imaginado. Entonces Alfonsina entró abrochándose el delantal.

—Vaya, qué par tan madrugador —dijo.

—Buenos días —dijimos mi abuela y yo al mismo tiempo.

Salimos de la cocina. Volvimos a entrar en nuestras recámaras para dormir una hora más. Me recosté sin cerrar las cortinas del ventanal. Pensé sobre lo que mi abuela me había explicado acerca del miedo. En cierta forma le hallé un sentido, pero todavía era muy chica para entenderlo por completo.

12

Llegué a mi primer día de clases con el recelo que experimentaba cada vez que conocía personas nuevas. La perfección de mi arreglo tampoco me ayudaba. Peinada y vestida pulcramente, con las iniciales de mi nombre bordadas sobre el suéter del uniforme, fui el centro de atención cuando crucé el patio. Mamá me llevaba de la mano, la cual solté con el pretexto de un estornudo fingido.

—Déjame aquí, mamita, yo pregunto cuál es mi salón.

—No, María José, quiero ver yo misma cuál es tu salón de clases.

El trayecto se me hizo eterno. Mi madre volvió a tomarme de la mano al atravesar por la cancha de básquet. Alrededor de ésta había varias bancas en las que estaban sentados niños y niñas de diversas edades. Les devolví la mirada con la intención de hacer contacto, pero al tratar de sonreírles, invariablemente volteaban la cara a otro lado. En una de las bancas reconocí a los cuatro niños que me habían espiado días atrás desde la reja de la casa. Uno de ellos, el que me había llamado bruja, me atravesó con una mirada despectiva. Pero el otro niño, el que me sonrió, volvió a hacerlo abiertamente. Le regresé la sonrisa, solté la mano con la que iba asida a mi madre para saludarlo y demostrarle al resto de los alumnos que no estaba completamente sola.

Una vez que mi madre se cercioró de que había entrado a mi salón de clases se fue tranquila. Los pupitres de madera eran de esos en que los alumnos se sientan en pareja. Con el ciclo escolar avanzado ya todos contaban con su compañero de pupitre, así que no supe dónde sentarme. Parada en medio del salón, con los segundos languideciendo, sin saber en qué lugar colocarme, decidí que la maestra Almudena me designara un lugar cuando llegara. No fue necesario, el niño que me había sonreído dos veces se me acercó.

—Siéntate conmigo —me dijo, en lo que me pareció una muestra de galantería de un futuro caballero.

—¿Y tu amigo? —le interrogué con reserva.

—Que hoy se siente en otro lado —me contestó.

Abrí el pupitre para colocar mis útiles en el momento en que Almudena entró. Me hizo señas para que pasara al frente. No tolero las presentaciones del primer día de clases, aunque sé que es algo de lo que uno no puede librarse. Crucé el salón haciendo caso omiso de los murmullos de mis nuevos compañeros.

—Bueno, como ya se habrán dado cuenta —dijo Almudena—, tenemos una nueva compañera en la escuela, pero lo mejor será que ella misma se presente. Por favor dinos tu nombre, de dónde eres y algo que te describa.

Almudena se paró detrás de mí. Me enfrenté a las miradas lacerantes que me siguieron desde que puse un pie en la escuela. Recordé lo que mi abuela me había platicado en la cocina: no sentir vergüenza por quién soy y distinguir entre el miedo bueno y el miedo malo. Levanté la cara, enderecé la espalda y, con tono pausado, sin que me temblara la voz, principié la letanía:

—Mi nombre es María José Castellanos Cué. Hasta hace algunos días vivía en la capital pero, por razones personales, mi madre y yo vinimos aquí a Ciudad Albazán. Mis padres son Augusta Cué Berenguer y mi padre, quien ya falleció, era José Francisco Castellanos Olivo. Mientras esté en Ciudad Albazán viviré en casa de mi abuelita Eduviges, que tiene una biblioteca enorme que me gusta mucho. Soy obediente, me gusta estudiar, pero también me gusta jugar a los quemados, la cuerda y a las escondidillas.

—Muy bien, María José, ya puedes regresar a tu lugar.

Volví a mi pupitre triunfante; nunca me había comportado con semejante seguridad en mi anterior escuela. Los mismos niños que hacía apenas unos minutos me reprobaban entre susurros ahora buscaban mi mirada para hacer contacto conmigo pero yo no les prestaba atención, mi vista estaba clavada en mi compañero de pupitre. Se llamaba Marco Antonio pero todo mundo le decía Toño. Tenía ojos grandes, redondos, color verde aceituna. Su tez era blanca con pecas y el cabello oscuro, negro, como el carboncillo de mi lapicero.

A la hora del recreo se sentó conmigo en una de las bancas que estaban alrededor de la cancha de básquet. Los otros niños jugaban a la pelota o se zarandeaban de la camiseta. Las niñas saltaban la cuerda o se contaban secretos al oído. Los amigos de

Marco Antonio refunfuñaban celosos recargados en la barda que daba a la calle.

—¿Por qué les caigo mal?

—Porque son unos miedosos —dijo, y me tomó de la mano—. Pero ven, ahorita te los presento.

Nunca antes un niño me había agarrado de la mano. Si mi madre me hubiera sorprendido de seguro me habría regañado. En aquel entonces, doce años no era una edad apropiada para andar tomados de la mano y, a pesar de saberlo, no me pareció tan reprobable.

—Ella es María José y es mi amiga.

—Mucho gusto —anticipé, intentando agradarles.

—Ellos son Lourdes, Rafael y el más pequeño es mi hermano, Rómulo.

—Hola —respondieron todos excepto Rafael, que transpiraba temor y desconfianza.

Al principio hubo un rato de tensión, pero como entre niños las cosas se resuelven de forma menos compleja que entre adultos, basta sólo que el líder del grupo te quiera de amiga para que los demás te den una oportunidad. La tensión, que al principio podía partirse en dos con el sable de un samurai, se desvaneció poco a poco. De pronto empezaron las risas, las bromas burlonas por las iniciales de mi suéter, la carrilla típica de los niños de esa edad. Lourdes fue la más amable de todos, imaginé que le dio gusto que hubiera otra niña dentro del grupo. Todos fueron amables y simpáticos excepto Rafael, que me trataba bien sólo por intermediación de Marco Antonio, aunque me lanzaba miradas furtivas que denotaban antipatía.

—¿Sabes de los niños que desaparecen sin dejar rastro? —me inquirió Lourdes en tono de preocupación.

—Sí, algo me comentó mi mamá... pero creo que nadie sabe qué les pasa —contesté.

—Una bruja se los roba y luego se los come —explicó Rómulo, asustado.

—Eso no es cierto, Rómulo, son cosas que la gente inventa, las brujas no existen —sentencié firmemente.

—¿Sí? ¿Entonces qué es eso que esconde tu abuela y que lo protegen las doce estatuas de aves con cara de diablos? —soltó por fin Rafael, lo que me ayudó a entender su animadversión hacia mí.

—Se llaman gárgolas —intervino Lourdes—, y según mi papá se usan justamente para ahuyentar a los espantos.

La campana que indicaba que la hora del recreo había terminado repiqueteó. Todos caminamos juntos al salón, a excepción de Rómulo que estaba dos grados más abajo que nosotros. Antes de entrar al salón le dije a Rafael, con el mismo tono bravucón que él había usado antes para dirigirse a mí:

—Mi abuelita no es ninguna bruja.

—Ya veremos —culminó, en son de reto.

13

Cuando mi madre y yo arribamos a Ciudad Albazán cerca de veinte niños habían desaparecido. Se desvanecieron en pocos segundos. Los pueblerinos solían contar que los secuestros sucedieron mientras las madres explicaban pausadamente a su marchante cómo querían el corte de carne, o en el momento en que los padres encendían su puro cuidando no lastimar la hoja de tabaco. En un momento los tenían asidos al costado igual que la bolsa de mandado o el reloj de bolsillo y al siguiente, sólo una nubecilla de polvo pendía en el espacio en el que antes habían estado parados. Los padres corrían gritando sus nombres por las calles, describiendo a los transeúntes los rasgos físicos de sus hijos. Finalmente, derrotados, alzaban la mirada al cielo culpándose a sí mismos por el descuido.

Los niños de Ciudad Albazán aprendieron a vivir con miedo malo. Eso lo sé porque lo viví. Nadie quería salir a la calle; los pocos temerarios que se atrevían eran regañados fuertemente por sus padres cuando corrían con buena suerte. El ánimo natural de todos había decaído. La desconfianza se apostó en el vecino, el amigo, el extranjero que pasaba unos días en el pueblo en busca del pintoresco colorido del país vecino. Aunque si hago un examen de memoria debo confesar que la mayoría culpaba a mi abuela Eduviges; decían que como estaba maldita, donde quiera que ella pisara sucedían desgracias.

El primer niño en desaparecer fue Jacinto, hijo de Rubén, el tendero. Alfonsina me contó que había acompañado muy temprano a su padre a la estación de trenes para recoger un envío de conservas enlatadas. Lupina, su madre, lo siguió hasta la puerta de la casa para obligarlo a ponerse el suéter azul de marinerito que ella misma le había confeccionado. Creo que Jacinto odiaba ese suéter porque los compañeritos de años superiores solían hacerle burla por la imagen que le daba de mocoso bien portado. Con todo, Lupina lo forzó, escudándose en que el sereno de la mañana estaba frío y calaba los huesos. Él se lo quitaría más tarde para amarrárselo al cuello una vez que hubiera perdido de vista la vigilancia sobreprotectora de su madre.

Jacinto y su padre conversaron durante todo el camino sobre la tienda que algún día pasaría a ser propiedad de él, el hijo único. Jacinto lo veía como algo lejano, a esa edad los padres aún conservan ese brillo de eternidad a través del cual los chiquillos los vislumbran. No era un tema sobre el que le interesara hablar un sábado a las seis de la mañana cuando, según todos en el pueblo coincidieron, él debía seguir en cama. Rubén no se percató de sus bostezos o de la indiferencia con la que Jacinto lo seguía por los ándenes, y continuó la perorata que aleccionaba a su retoño sobre los deberes de un hombre cabal y trabajador.

Al parecer, en medio de la aburrida letanía de Rubén y de la parsimoniosa desmañanada de Jacinto, alguien cubrió con fuerza la boca del pequeño y lo subió a una camioneta sin que nadie más se diera cuenta. Cuando Rubén volteó emocionado para decirle que el ferrocarril ya venía pitando el silbato solamente halló su pequeño suéter de marinerito en el suelo.

Los padres de Jacinto lloraron su ausencia sin cejar en la búsqueda. Amigos y vecinos los ayudaron husmeando y haciendo preguntas en los alrededores, pero al niño se lo había tragado la tierra. El caso se archivó como un suceso aislado en la comandancia de policía, lo que no fue ningún consuelo para los padres. Poco tiempo después se desvanecieron más niños, algunos hijos de gente conocida del pueblo; otros, familiares de fureños que viajaban de paso.

El comandante no pudo hacerse de la vista gorda. Supo que algo terrible sucedía, pero tristemente la comandancia se reducía a él y tres policías que no hallaban cómo enfrentar las desapariciones. Ciudad Albazán había sido uno de esos pueblos en los que se podía dormir con la puerta abierta, según los viejos. La autoridad jamás enfrentó robos, secuestros u homicidios que resolver, lo más eran disputas de vecinos por perros juguetones que arruinaban jardines o señoras metiches que armaban líos por un chisme tergiversado.

Rogelio, o Gelio como le llamaban sus amigos, fue el niño que desapareció un par de días antes de que mi madre y yo llegáramos a Ciudad Albazán. Era de los más pequeños, acababa de cumplir seis años cuando se lo robaron. Gelio era hermano de Rafael, el compañero arisco que en mi primer día de clases había sugerido que mi abuela Eduviges era una bruja.

Marco Antonio me relató que la tarde que Gelio desapareció había varios niños jugando con él y con Rafa en la casita del árbol que su padre les había construido. Corrían a risotadas entre empujones cuando un pequeño se percató de que un hombre los observaba desde la acera de enfrente. Tanto Rafa como Gelio advirtieron a sus padres de la presencia del extraño, sin embargo, al salir a cuestionarlo, éste ya había huido sin dejar rastro. Todo indica que, esa misma noche, Gelio debió haber recordado que había dejado a Tito en la casita del árbol, un dragón de felpa que llevaba consigo a toda hora del día. Rafa ya dormía, Gelio se levantó sigilosamente para no despertarlo, se dirigió al jardín y nunca regresó. Todos supieron que algo malo le había sucedido al hallar a Tito tirado un par de calles abajo.

Esas historias me helaban la sangre. Me recordaban las firmes enseñanzas de mi padre: "nunca hables con extraños, no le sueltas la mano en la calle a tu madre, no temas supercherías sino al hombre, que es ángel y demonio en sí mismo". Mi abuela estaba parcialmente de acuerdo con él, aunque la mañana que se lo conté me respondió con su misterio acostumbrado: "Hay una edad para cada temor y un temor para cada lugar".

14

Semanas después de que mi abuela Eduviges diera a luz a mi madre la familia Cué la desterró de La Piadosa. Santiago, a quien me cuesta llamarle abuelo durante esta reminiscencia, volvió a tomarla de los cabellos y la arrastró por los jardines de la hacienda. El camisón que llevaba puesto se le había desgarrado en medio de la golpiza. En las semanas que mi abuela estuvo recluida, Pilar, Alicia y Carmela se dedicaron a regar las habladurías que la hicieron blanco del odio de los campesinos. Para ellos todo empezaba a tener una explicación: la patrona Eduviges era bruja, por esa razón los temporales habían arreciado y las cosechas se echaban a perder desde que había llegado a vivir a La Piadosa.

La ropa y pertenencias de mi abuela fueron arrojadas al patio central. Los patrones prohibieron a los criados que le ayudaran a levantarlas. Sus libros fueron lanzados desde el balcón del despacho a una pira que Santiago alimentaba con gasolina. Pilar, Carmela y Alicia los deshojaban antes de que ardieran por completo. En ese trance mi abuela sólo pensaba en lo que le diría su madre cuando supiera que esas joyas antiquísimas habían ardido hasta quedar reducidas a cenizas.

Los peones, azuzados por las hermanas Cué y el curita del pueblo, empujaron a mi abuela al fuego, en varias ocasiones su piel fue alcanzada por llamas que le causaron quemaduras y le deformaron la piel para siempre. Ahí residía la elegancia de doña Eduviges Berenguer: por ello siempre andaba ataviada únicamente con vestidos de cuello alto, mangas largas y falda a los tobillos. Ésa era su manera de ocultar las cicatrices de la tortura que había sufrido en la hacienda de los Cué.

Entre golpes y empellones la muchedumbre subió a mi abuela a una carreta tirada por dos mulas. Todos le gritaban a su paso "bruja", "maldita", "arderás en el infierno". Pero ella no se defendía, estaba demasiado triste y consternada por el odio con que la miraba su amado Santiago.

La cocinera, mujer de confianza de mi abuela, subió con ella a la carreta para acompañarla a Ciudad Albazán. Alfonsina la recibió en el pórtico sin creer lo que sus ojos veían. Corrió hacia ellas alertando con gritos a los demás mozos. Todos corrieron a auxiliarla.

El terrible incidente hizo que la madre de mi abuela se reestableciera temporalmente del mal hepático. Sus días estaban contados, pero al ver a su hija en ese estado, le dio un segundo aire para aguantar hasta que mejorara de sus heridas.

—Perdón, mamá —susurró mi abuela entre sollozos.

Su madre, a quien el corazón se le salía por sed de justicia, la tomó del rostro.

—No tienes nada de que pedir perdón. Ésta es tu casa; los libros que perdiste son lo que menos importa ahora… Lo que no hubiera dado para ahorrarte este sufrimiento.

Mi abuela cayó agotada por la dolencia y el cansancio. Alfonsina le preparó un brebaje con plantas que narcotizaban el ardor de su cuerpo en carne viva.

—Quédate con ella —le ordenó mi bisabuela.

Acto seguido bajó a la biblioteca en busca de un grimorio celta de maldiciones y encantamientos. Subió al ático y se encerró en él durante toda la noche. Alfonsina dice que podían escucharse aletear a las gárgolas en empeños fallidos por alejar a las Sombras. Fue inútil: el odio y el miedo malo volcado en contra de mi abuela habían detenido en seco al mecanismo.

Mi bisabuela maldijo a Villa Alberina. Sus campos murieron para la eternidad; aquellas hectáreas que alguna vez dieron cosecha tras cosecha de maíz hoy sólo son rocas y piedra. Cinco epidemias diferentes enfermaron tanto a patrones como a jornaleros. Un cielo negro se aposentó sobre La Piadosa; no paró de llover durante veinte días con sus noches. Alicia, Carmela y Pilar contrajeron una lepra que les obligó a usar mascadas para cubrirse la cara hasta el día que murieron. Los únicos que permanecieron completamente sanos fueron mi madre y mi abuelo Santiago.

Cuando mi abuela Eduviges, ya repuesta de las quemaduras y la tristeza, supo el destino de La Piadosa increpó a su madre, no porque le importara el destino de esa estirpe ignorante y cruel, sino porque en esa hacienda estaba su hija Augusta. La madre de mi abuela, que había vuelto a recaer de su mal hepático, le aseguró que no había nada que temer:

—Tu hija volverá a ti sana y salva, la maldición no rozó uno solo de sus cabellos, su memoria quedará limpia de cualquier recuerdo. En cuanto al imbécil de tu marido no me preocupo, correrá la suerte de todos nuestros hombres. Morirá a más tardar cuando tu hija cumpla doce años.

Mi abuela no era una mujer de mala cepa, tampoco una doncella con vocación de víctima. Aprendió a la mala lo que el apellido Berenguer provocaba; lo que la inopia, la mala fe y el miedo malo son capaces de propagar. Finalmente no le importó el destino de su esposo Santiago quien, para entonces, ya sólo era digno de desprecio. Pero no siempre fue así, por las faldas de las Berenguer también han pasado hombres buenos e inteligentes, dispuestos a aceptar nuestro destino. Así lo fue el amor de Catalina Berenguer de Alcarràs y así sería mi futuro amor: Marco Antonio.

Doce años después de que mi abuela fuera expuesta a las llamas, una mujer diminuta y formal tocó a la puerta de su casa. Era una monja de mirada dulce y trato afable. Pidió hablar con la señora Eduviges Berenguer. Mi abuela, convertida ya en la dueña de la casa, recibió a sor Engracia con el resquemor que le inspiraba cualquier hombre o mujer ataviado con hábito o sotana. No obstante, la monjita le agradó. Le invitó un té de clavo con canela que bebieron mientras caminaban por el jardín.

—El padre de Augusta murió hace una semana en un accidente rarísimo. Se congeló durante una nevada inesperada en la ciudad donde vivimos —le contó sor Engracia.

—Me disculpará usted que no dé signos de tristeza. Mi marido fue un hombre violento y cruel que, además de poner mi vida en peligro, me separó de mi hija sin que yo supiera dónde se la llevó.

—Usted tendrá sus motivos para no llorarlo —continuó la monja—, yo estoy aquí solamente porque pienso que el lugar de Augusta está al lado de su madre. Ella no la recuerda, pero a pesar de que Don Santiago Cué hizo jurar a la madre superiora que nunca le dijera a usted su paradero, yo he venido porque no empeñé mi palabra, ni concuerdo con la idea de andar haciendo monjas de niñas que ni siquiera tienen claro una vocación.

—Le agradezco que me haya buscado. Yo misma iré a recoger a mi hija, y celebro que sea usted una mujer buena y sensata… no creo mucho en la piedad ni en la supuesta nobleza de los hombres y mujeres que pertenecen a una orden religiosa: tienen las mismas virtudes y defectos que los demás pero siempre van con un santo en la boca erigiéndose como ejemplo moral.

—Yo no la juzgo, señora, sus razones tendrá usted… Yo vine aquí porque mi conciencia así me lo exigía.

—Se lo agradezco nuevamente, Engracia.

—No hay nada que agradecer.

Sor Engracia salió de casa de mi abuela. Sí, era una mujer buena y sensata, pero como dice el refrán, una golondrina no hace verano.

15

Cuando salí del colegio mi madre ya me esperaba afuera, conversando animadamente con Almudena. Celebré verla contenta, con una amiga; nunca antes le había conocido ninguna. Mamá me recibió con un abrazo como si no me hubiera visto en mucho tiempo. Caminamos entre los demás padres que esperaban a sus hijos, los cuales saludaron a mi madre con la misma displicencia que los niños habían hecho conmigo. La reacción de mi madre al pasar junto a ellos fue clavar la mirada en el piso y rehuir sus miradas, como avergonzada por algo. Sus manos estaban cerradas en dos puños, la derecha agarraba fuertemente mi mano y la izquierda apretaba la bolsa de pan como si fueran a robársela. Sus pasos eras cortos y rápidos. No me agradó lo que vi, era la misma reacción que yo tuve al llegar a la escuela, antes de recordar las palabras de mi abuela. Si yo no me avergonzaba de mí, no permitiría que mi madre se avergonzara de ella, así que elaboré una mentira.

—¿Podemos ir más lento? Me lastimé un pie jugando a la cuerda.

Con ese argumento mamá no pudo hacer otra cosa que caminar despacio. Luego me acomodé bien la mochila en el hombro y le arrebaté la bolsa de pan.

—¿Te ayudo?

Por último, me paré de puntitas para coger su barbilla y levantarle la cara.

—Mira qué lindo día hace, mamá, no le des la espalda al sol, ¿te parece?

—Me parece —dijo mi madre, suspirando.

Atravesamos la muchedumbre de adultos que esperaban a sus hijos con la frente en alto, la mirada al cielo y el paso lento.

Llegamos a casa de la abuela. No sé si fue por el cambio de actitud pero mi madre lucía diferente, su semblante era sereno. Desafortunadamente rompí el momento al recordar el comentario que hizo Rafael sobre el ático y las gárgolas. Me paré en seco para observarlas: las cabezas se asomaban desafiantes por las cornisas de la casa. Tenían un cuello largo, rectilíneo, que alejaba la cabeza del tronco casi medio metro. Grandes alas extendidas mostraban sin pudor unos pliegues de piedra que asemejaban cartílagos membranosos. Sus caras eran parecidas a la de un dragón grotesco que gesticulaba muecas burlonas y amenazantes. Las fauces blandían potentes mandíbulas mientras las garras se aferraban a la piedra en que fueron esculpidas. Eran terroríficas.

—Mamá —dije antes de entrar a la casa—, ¿qué guarda mi abuelita en el ático?

—No lo sé, y la verdad, prefiero no saberlo. Prométeme que no subirás al ático aunque ella te invite.

—¿Por qué te da tanto miedo?

—No eres nadie para cuestionar a tu madre. Y si no entiendes por las buenas, entonces es una orden. Tienes estrictamente prohibido subir al ático y entrar a la biblioteca.

Le dije que sí, a sabiendas que ya no era la niña obediente, de otra época, que ella imaginaba.

La tarde cayó con las costumbres rutinarias de la casa: mi abuela encerrada en su biblioteca, Alfonsina preparando cosas ricas en la cocina, mamá ocupada en el bordado y yo en mi cuarto jugando con las muñecas de porcelana que adopté como mías. El viejo oso de peluche que mi padre me había regalado cuando era un bebé quedó relegado a los peldaños más altos del juguetero. Dispuse a Laila, Stevané, Ricarda, Solveig y Anaranda frente a mí para jugar a la escuelita; Almudena me había impresionado y quería imitarla en un juego con ellas: "Saquen su libro de español, vamos a conjugar algunos verbos", dije seriamente. Un ruido proveniente del exterior me distrajo, nada estruendoso o que crispara mis nervios como los golpes bajo mi cama, más bien un golpecito tímido y agudo en los vidrios de mi ventana. Hice caso omiso para continuar con la escuelita. El ruido insistió. Me asomé. Ahí estaba Marco Antonio con la mano cargada de piedritas en espera de que yo le prestara atención. Lo saludé con la mano, él me hizo señas para que saliera y no lo pensé mucho: Marco Antonio me gustaba y, además, era el único que me había tratado amablemente.

Mi madre cosía en un sillón de las habitaciones que parecían salas de estar. Decía que ahí daba la mejor luz para bordar o hacer trabajos detallados. Entré temerosa de que me negara el permiso.

—Mamá…

—Sí, María José, dime —contestó sin levantar la mirada del bordado.

—Vino un compañero de la escuela, está afuera, ¿puedo salir?

—No, no quiero que salgas, con eso de los niños que desaparecen… no sé cómo un padre responsable puede dejar que su hijo ande solo por la calle.

—Pero, mamá…

—Ningún pero, si quiere, invítalo a pasar. Tú no sales.

Su respuesta me sorprendió, jamás pensé que me dejara invitarlo a la casa. En la ciudad no me permitía tener amigos varones. Me lancé a sus brazos para agradecerle con un beso.

Alfonsina me acompañó a la reja, sólo los adultos de la casa tenían llaves del candado.

—Bienvenido —le dijo a Marco Antonio, quien entró sin dejar de ver las gárgolas en el techo.

Antes de retirarse Alfonsina ofreció llevarnos agua de piña y pastel de manzana.

—Nadie va a creerme que me atreví a entrar —me dijo Marco Antonio mientras nos repantigábamos en una de las bancas del jardín.

—¿Por qué?

—Porque se asustan.

—¿De qué?

—De las gárgolas.

Miré las gárgolas nuevamente. Marco Antonio soltó a boca de jarro:

—Eres muy bonita.

Me quedé sin palabras que pudieran rescatarme de la timidez que de repente hizo presa de mí. Mis mejillas cambiaron de su tono pálido habitual a un rojo subido, mis manos brillaron por el sudor que intenté limpiar en mi vestido. No pude sostenerle la mirada, así que cambié el tema súbitamente.

—Estoy leyendo un libro de terror.

—¿Ah, sí? —preguntó, abochornado ante mi cambio de conversación.

—Sí, trata de un hombre al que después de saludar a una goleta que pasa frente a él, le empiezan a ocurrir cosas espeluznantes.

—A mí no me dejan leer libros que después no me dejen dormir.

—A mí tampoco —dije, haciendo alarde de mi desobediencia.

—Ves, por eso me gustas —reveló para demostrarme que él también podía ser igual de audaz que yo.

Me plantó un beso en la mejilla. De inmediato volteé a la casa para cerciorarme de que nadie hubiera visto. El sol empezaba a caer. La tarde se anunció en tonos rojizos y naranjas que agrietaban el cielo.

—Me voy —dijo Marco Antonio al levantarse—, mis padres sólo me permiten salir con la condición de que vuelva justo antes de que empiece a oscurecer.

—Tienen razón, mi mamá no me deja salir si no es con ella o Alfonsina, su nana.

—Hace ya dos semanas que desapareció Gelio, el hermano de Rafa.

—Ahora entiendo por qué siempre anda enojado.

—Ya se hicieron varias búsquedas, incluso cerca de las minas, pero no hallaron nada —miró el cielo antes de añadir—: Bueno, me voy, nos vemos mañana —me plantó otro beso en la mejilla.

Alfonsina abrió el candado y volvió a cerrarlo una vez que Marco Antonio salió de la casa. Desde la reja esperamos a que llegara a la esquina donde lo esperaba su padre.

—Nos quedamos esperando el agua de piña y el pastel de manzana —le dije—, nunca nos los trajiste.

—Iba a hacerlo pero no quise interrumpirlos —dijo con una sonrisa cómplice—. Anda a lavarte las manos, para que me ayudes a preparar la merienda.

Asentí sin rezongar, aún estaba flotando por mi encuentro con Marco Antonio; nunca me gustó llamarle Toño como los demás, quería marcar una diferencia. Alcé la cabeza en busca del sol que ya se ocultaba, aunque no fue el sol lo que me topé sobre mí, sino el rostro de una gárgola que se movía. Me quedé helada. Alfonsina notó mi expresión de susto y levantó la mirada en busca de aquello que me había paralizado. Puso una mano sobre mi hombro.

—Son estatuas construidas para ahuyentar las malas intenciones. Mientras les temas a ellas no tienes nada más que temer.

Apreté los párpados con la esperanza de que al abrirlos la gárgola continuara con la cabeza encorvada hacia mí, pero había vuelto a su postura inicial, como si todo hubiera sido producto de mi imaginación. Empecé a dudar de mi juicio, del poder del libro que mi abuela me había regalado. Nunca quise dudar de ella; a pesar de que todos, incluso mi madre, la señalaban, jamás pensé que lo que sucedía en esa casa tuviera que ver con sus artes hechiceras. No sabía lo equivocada que estaba.

16

L a lectura en casa de mi abuela se volvió parte de mí. Si bien no podía hacerlo abiertamente por la prohibición que mi madre me había impuesto, la noche se había vuelto mi aliada en complicidad con los libros. Cada vez perdían más relación con mi abuela. El vínculo se forjaba directamente con ellos, con el olor del papel y la tinta, la textura rugosa de las pastas y las historias que abracé como mías. Muchas cosas aprendí de mi abuela, pero la que atesoro más, incluso al día de hoy, es la conexión que me enseñó con la literatura. "Al diablo los intermediarios", decía, "los mirones son de palo y los mensajeros son lacayos, habrase visto que uno necesite quién le diga qué leer y cómo leerlo".

El gran reloj de piso ubicado en la estancia dio doce campanadas. Mi madre siempre caía rendida antes de medianoche. Era un mujer madrugadora que necesitaba reestablecerse del ajetreo con un sueño profundo en horas reglamentadas. Si bien las pesadillas resquebrajaban su tranquilidad nocturna, ella cumplía fielmente con su horario, salvo que, desde nuestra llegada a Ciudad Albazán, había comenzado a dormir mejor. Las pesadillas del Hombre Retazo se habían espaciado hasta desaparecer, como si haber vuelto a esa casa que representaba los horrores de su niñez las hubiera conjurado.

De alguna forma las dos habíamos cambiado. Llevábamos poco tiempo en casa de mi abuela y yo ya había adquirido hábitos que al lado de mis padres habrían sido reprobados. Por principio dejé de dormirme temprano para poder leer. Esperaba que todos se fueran a la cama para recobrar mi energía; retoñaba en una especie de ave nocturna, como los búhos o las lechuzas, atenta a lo que me rodeaba. Había bastado que mi abuela me sugiriera leer de noche, a escondidas, con el espectro de la lámpara alumbrando las páginas, para que se me hiciera un hábito, y no precisamente por mi obsesión de demostrarle que era una niña obediente, sino porque no concebí ninguna otra manera de hacerlo.

La niña que dormía con la luz apagada había quedado atrás, muy lejos, a cientos de kilómetros de Ciudad Albazán. Acepté mi nueva humanidad. Me convertí en un personaje de ficción que debía urdir planes y mentiras con tal de leer aquellos libros que se me habían prohibido. ¿Qué tendría de malo leer historias de fantasmas, o monstruos, u hombres que creen volverse locos después de saludar con la mano a una goleta extranjera?, repiqueteaba la pregunta para mis adentros a manera de reclamo. Nada malo hallaba en esa hermosa y gigante biblioteca, y si mi abuela me había prometido que todos esos libros serían míos cuando ella muriera, esa noche decidí que yo los recibiría aunque le pesara a mi madre.

Posé el vaso de leche caliente que había traído de la cocina sobre el buró, al lado del reloj con forma de dragón chino. Extraje una vez más el libro que ocultaba entre el colchón y la base de la cama. Lo abrí a modo de un amante en espera del beso de su enamorada, con la misma emoción que recibí el beso de Marco Antonio en mi mejilla, con la ansiedad perenne que me provocaba saber qué le sucedería a ese hombre enfermo de locura o poseído por un fantasma.

> *De pronto sentí un estremecimiento, no de frío sino un extraño temblor angustioso. Apresuré el paso, inquieto por hallarme solo en ese bosque, atemorizado sin razón por el profundo silencio. De improviso, me pareció que me seguían, que alguien marchaba detrás de mí, muy cerca, muy cerca, casi pisándome los talones.*
>
> *Me volví hacia atrás con brusquedad. Estaba solo. Únicamente vi detrás de mí el recto y amplio sendero, vacío, alto, pavorosamente vacío; y del otro lado se extendía también hasta perderse de vista de modo igualmente solitario y atemorizante.*

La puerta de mi recámara se entreabrió, lo supe por el rechinido de las bisagras que, por las noches, tomaban un primer plano debido al silencio de los durmientes. Estiré el brazo para coger el vaso de leche y descubrí que estaba vacío. Mi estómago brincó de su sitio y se pegó al diafragma. El latido agitado de mi corazón llegó a confundirse con el ruido de aquel engranaje oculto en el ático que al parecer se había echado a andar nuevamente. Respiré con inhalaciones y exhalaciones rápidas que no me permitían conciliar la calma. Nadie entró, ningún rastro de leche había sido regado por el suelo o en mi cama. Al parecer la puerta estaba mal cerrada y, como sucede en las casas viejas, alguna sacudida en el asentamiento la había abierto. Pero, ¿dónde había quedado la leche? No quise quedarme con la duda. Me limpié el sudor de las manos sobre la pijama. Hice lo que mi padre me aconsejó el día que le confesé que no quería dormir con la luz apagada porque en el colegio me contaron que las brujas existían y se alimentaban de escuincles como nosotros: "No tienes nada que temer", me dijo, "ésas son historias inventadas por gente mal-intencionada y cobarde; quien tiene la razón a su lado tiene una luz que le resguarda, así que, cuando creas que hay una bruja escondida en alguna parte de tu recámara, te levantas con paso firme hacia donde creas que está escondida, te agachas con fuer-za, te asomas o levantas las cortinas de un tirón, te darás cuenta de que no hay nada y que tu miedo es infundado". Remojé mis labios resecos con saliva, caminé con paso firme a la puerta y la abrí de golpe. No había nada. No había nadie. Sólo la luz de la biblioteca se colaba entre los barrotes de las escaleras.

Mi abuela estaba sentada en la gran mesa de restauración. Sobre el libro, a la altura de su cabeza, una bombilla pelona en-vuelta por un cucurucho de papel mantequilla alumbraba las ho-jas amarillentas que delicadamente desempolvaba con un pincel finísimo. A un costado del libro había más herramientas: tijeras, pinzas, otros pinceles, espátulas, pequeños frascos con solven-te, hisopos, un calibrador para medir el espesor de papel y un par de lupas con base. El libro estaba abierto, desarticulado, con las hojas dispuestas sobre la superficie de la mesa y los hilos de la costura del lomo exhibidos. Mi abuela llevaba puestos unos anteojos distintos a los que usaba regularmente y unos guan-tes blancos, muy delgados, que no le había visto antes. Los anteojos no tenían armazón: eran dos gruesos cristales sostenidos apenas por una delgada moldura de alambre, la hechura parecía casera y, en vez de patas, los cristales pendían de un cordón negro que sujetaba la endeble armadura de metal.

Mi abuela percibió una presencia. Levantó la vista del quehacer que la ocupaba, sus ojos llenaron los espejuelos en un aumento desmedido de tamaño.

—¿Qué hace mi preciosura levantada a esta hora? —me preguntó con el afecto habitual con que me trataba.

—Estaba leyendo, escuché ruido y me asomé a ver quién era.

—¿Y cómo va la lectura?

—Lenta, releo mucho algunas partes que no entiendo bien; como tú no me explicas nada…

—¿Reproches a la abuela? —hizo una pausa y continuó—: Te diré qué vamos a hacer. Tú terminas de leer ese libro y luego lo comentamos, así yo no meto interpretaciones mías a tu cabeza y puedes leer desde ti misma, desde tu propia historia. Así es como me gusta leer y así me gustaría que aprendieras a leer tú, sin mediadores.

—Trato hecho —le dije—, cuando lo acabe me dices lo que piensas y yo te digo lo que pienso… ese señor no está loco; algo malo le hace esas cosas.

Mi abuela sonrío.

—Ven, acércate a la mesa.

Me recargué sobre mis codos para observar bien lo que hacía. El libro era muy antiguo, el papel era más grueso que el de los libros nuevos, las hojas exudaban manchas de humedad en las orillas. Pequeños agujeros lo carcomían en algunas partes.

—¿Tiene remedio?

—Espero que sí, los cuido mucho, pero éste en especial es muy viejo.

—¿Qué tan viejo?

—Uh, imagínate, es del siglo XVII.

—¿Puedo verlo de cerca?

Mi abuela me jaló para que pudiera recargarme en su regazo y aproximé la cara hasta donde mi nariz lo permitió; un olor picoso me dio comezón y estornudé tres o cuatro veces. Mi abuela fingió que se trataba de un accidente sin importancia aunque cubrió el libro con su cuerpo. Cuando los estornudos cesaron volvió a replegarse hacia atrás dejándome ver el tomo en todo su esplendor: *La trágica historia del doctor Fausto*, de Christopher Marlowe. Estiré los dedos para tocarlo. La abuela me agarró la mano antes de que siquiera llegara a rozarlo.

—Jamás tocarás uno de estos libros con las manos sucias. No lo expondrás a la luz directa del sol. Deberás guardarlos en lugares secos donde no haya polvo ni humedad ni mucho menos podrás ensalivarte los dedos para pasar las páginas. No puedes estornudar, como acabas de hacerlo, ni toser encima de ellos. Si se trata de una antigüedad como ésta, sólo puedes tocarlo con unos guantes como éstos.

Se quitó los guantes blancos y me los dio.

—Anda, sé que te mueres por verlo de cerca, póntelos.

Me puse los guantes, me quedaron grandes pero no me importó, me moría de ganas de tocar esas hojas amarillentas que contaban casi cinco siglos de vida. Las acaricié como si se trataran de piezas de cristal cortado. Levanté una de las páginas para verla a contraluz. Luego pasé suavemente las yemas de mis dedos sobre la carátula. El libro estaba escrito en inglés antiguo.

La portada era un dibujo de trazo sencillo que a simple vista se juzgaba arcaico. En el dibujo había un hombre parado dentro de un círculo hecho con signos extraños, en una mano llevaba un libro y en la otra un báculo. Frente a él había un ser insólito que me recordó a los dragones chinos que había por la casa. En la parte de abajo de la portada venía el año: 1620.

Se trataba de una obra de teatro inspirada en la vida de un personaje llamado Johannes Faustus que aparentemente nació en 1490 en el sur de Alemania. Se decían muchas cosas sobre él en aquella época: que había abandonado la universidad para conocer el mundo por sí mismo, que volcó sus ímpetus en aventuras científicas, alquímicas y místicas, que vio, leyó y vivió lo que nadie había visto, leído o vivido hasta ese momento. Convertido en un trotamundos, el doctor Faustus se jactó de pactar con el diablo para saciar su ansia de conocimiento. Tales declaraciones le acumularon un sinnúmero de denuncias de brujería, y un día desapareció sin dejar rastro. Su único legado fue una enorme biblioteca que incluía libros de matemáticas, medicina y magia negra.

No pude leer aquel libro, no sólo porque sus endebles hojas estuvieran desparramadas y mi abuela lo cuidara como si fuera un tesoro, sino que, en ese entonces, no leía inglés y mucho menos uno tan antiguo como ése.

—¿Me regresas mis guantes? —dijo mi abuela. Se los puso para continuar la faena.

—¿Me dejarás leerlo cuando sea grande y pueda entender ese idioma?

—Claro. Para entonces, éste también será tuyo.

El sueño me venció. Eran las cuatro de la madrugada, al día siguiente tenía escuela y además me moría de ganas por ver a Marco Antonio. Me despedí dándole un beso en la frente a mi abuela llena de emoción por mi futura herencia.

17

En mis días en la capital yo no me espantaba por las tonterías que los niños temen. Alguna vez la historia de las brujas me sugestionó pero luego la deseché por ingenua. Los compañeros se contaban leyendas de fantasmas, vampiros, hombres lobo y yo sólo podía escucharlos con mi natural displicencia. Al llegar a Ciudad Albazán las leyendas que circundaban la casa de la abuela inflamaron mi imaginación. Me henchían el pecho de gozo pero nada más, en el fondo sabía que todas eran patrañas inventadas por una anciana fantasiosa que disfrutaba asustando a los niños. Poco a poco fui cambiando de opinión.

Por mi forma de ser, en mi escuela anterior probé el sinsabor de la crítica mal intencionada y el juicio con saña. Fui una niña solitaria que comía sola a la hora del recreo, a la que nadie escogía cuando se trataba de hacer un trabajo en equipo. Los pupitres en la escuela de la capital eran de tres asientos en los que se acomodaban triadas de amigas que conversaban durante la clase. En la banca del final nos sentábamos las dos parias con las que nadie quería compartir nada: una chica que reprobaba por tercera vez el mismo año y yo.

Ciudad Albazán pintó otra experiencia para mí, Marco Antonio me había distinguido con su amistad. Me salvó de la vergüenza que se siente al llegar a un lugar y nadie quiere acercársete. En ese sentido algo me unía a mi abuela. Era evidente que en el pueblo la rechazaban, pude adivinarlo en los comentarios que mis compañeros hacían sobre sus gárgolas o la afirmación de que estaba maldita; todavía no imaginaba de dónde venían esas creencias.

De joven, quizás en sus treintas, mi abuela organizaba sesiones de lectura en su biblioteca. Reunía a los niños del pueblo, que se sentaban en cojines alrededor de ella, para iniciarlos en el placer de la lectura, y les daba a escoger lo que quisieran que les leyera esa tarde. Sus pequeños invitados siempre dudaban, por lo que mi abuela terminaba por decidir ella misma la lectura. Esos invitados eran ahora los padres de mis compañeros de primaria, los amigos que alguna vez mi madre tuvo durante el tiempo que vivió en Ciudad Albazán. Todos guardaban memorias algo diferentes de las lecturas en la mansión de las gárgolas, mas todas remitían al miedo.

Aquellos niños estaban divididos entre dos sentimientos. Por un lado la emoción de escuchar cuentos de horror mientras comían galletas con chocolate caliente, y por el otro, el miedo atroz que invadía sus recámaras al momento de dormir. La duda los unió en un pacto, no revelar a sus padres las historias que les contaba la maestra Eduviges, pero aquel acuerdo no duraría mucho. Con la noche llegaron los temores nocturnos, la posibilidad de una vida más allá de la tangible: una vida que pertenecía a los mausoleos de los cementerios, a la oscuridad de los bosques profundos, a los habitantes ocultos de la noche: fantasmas, no-muertos, brujas, monstruos y vampiros. Una vida que anidaba en los rincones umbríos de sus habitaciones, justo debajo de sus camas; en los puntos no visibles de un armario desarreglado, en las esquinas de sus cuartos.

Cuando regresaban a la casona de las gárgolas para una nueva lectura, los pequeños atiborraban a Eduviges con sus propios relatos. Camilo, el padre de Lourdes, quien era entonces un simpático regordete de cabello ensortijado y labios gruesos como los de un sábalo, juraba entre mímicas que en su almohada anidaba una especie rara de vampiro, un bicho infecto que aprovechaba sus horas de sueño para chuparle la sangre gota a gota. Los padres de Camilo no entendían por qué su hijo ya no quería dormir con su almohada preferida y había decidido posar la cabeza en la superficie plana de la cama. La pequeña Ursula, madre de Rafa y el desaparecido Gelio, una pelirroja de pecas oscuras que la hacían parecer una gran galleta con chispas de nuez, aseguraba que su retrato colgado en la pared de su habitación cambiaba día a día, como si la imagen de la fotografía envejeciera mientras ella quedaba condenada a ser una niña eternamente. Los padres de Ursula descubrieron desconcertados que antes de dormir cubría su propia foto con una sábana. Umberto, padre de Marco Antonio y Rómulo, un hijo de emigrantes italianos que hablaba un español híbrido y sobresalía de los demás niños por ser una belleza rara para la región, contaba a sus padres, entremezclando idiomas, que la armadura de utilería que llevaba a las clases de teatro cobraba vida por la noche, que caminaba por el cuarto moviendo cosas de lugar y sin llevar ningún cristiano adentro. Los padres de Umberto se sorprendieron cuando les preguntó cómo podía fundir la armadura para hacer una cruz.

Mi abuela escuchaba sus aventuras interesada, dándoles el beneficio de la duda, convencida de la veracidad de sus relatos. Nadie más los escuchaba con atención, a lo mucho recibían un regaño de sus padres por creer tonterías. Las tardes de lectura en casa de la maestra Eduviges convocaron más niños conforme el tiempo pasaba. Y todos lo que asistían llevaban una aventura similar que contar, un monstruo que los acechaba, un vampiro que flotaba por encima de sus camas, un fantasma que no podía descansar en paz. Pero mi madre, quien recibía la visita del Hombre Retazo, no participaba con los demás niños de la emoción y la euforia. Vivía aterrorizada; por más que mi abuela intentara convencerla de que compartiera su historia del monstruo hecho con partes de cadáveres, ella empezó a excluirse de las lecturas para encerrarse en su habitación.

Los niños de aquella época compartían un rasgo en común. Todos, al caer la noche, vibraban por el nerviosismo de sus propias fantasías, por el recuerdo de los libros que mi abuela les leía, por el temor de que el personaje de sus pesadillas decidiera salir debajo de la cama o del fondo del armario. Pero de día, cuando la luz del sol mandaba a dormir a los espectros, eran niños ordinarios que jugaban, iban a la escuela y enfrentaban con valor lo que la vida les imponía. Ninguno de ellos, al menos en esos días, permitió el maltrato o el abuso de un maestro, un minero o cualquier extraño. A la menor posibilidad de sentirse en peligro hubieran enfrentado a su agresor pidiendo ayuda, defendiéndose con uñas y dientes, alejados de la imagen piadosa e inmolada del que se cree bueno porque no alza la voz o permite ser tratado como víctima. Eran niños fuertes, enteros, alegres, que sin darse cuenta aprendieron a distinguir el miedo bueno del miedo malo, la valentía inteligente de la valentía estúpida: la importancia del terror fantástico para fabular.

18

Pasaron varias noches sin que pudiera retomar el libro que mi abuela me había regalado. Entre las desmañanadas para ir a la escuela, las tareas y las demandas de mamá, subía a mi habitación cansada, con el único deseo de caer rendida sobre la cama. Dormí profundamente algunas noches, me había desentendido de los incidentes ocurridos en días pasados: la puerta que se abría sola, la leche que desaparecía de los vasos, la silueta al lado mío en el espejo de la sala y el hombre de mi libro que se volvía loco porque una presencia lo atormentaba.

Mi madre había empezado a trabajar unas horas en la escuela. Tengo entendido que no todos los padres de familia aprobaron que lo hiciera; finalmente Almudena era la directora y estaba convencida de que la destreza de mi madre para las actividades manuales sería un beneficio en la educación del alumnado. Los días en casa se sucedían iguales. Mi abuela y mi madre hablaban poco entre ellas, apenas si cruzaban palabras en las horas de la comida. Alfonsina intentaba acercarlas pero era una empresa imposible, sólo se toleraban si hablaban de asuntos nimios como el clima, las noticias del periódico o la limpieza de la casa.

La escuela empezó a gustarme. A diferencia del colegio de la capital, gozaba de cierta popularidad. Tenía un grupo de amigos en el que estaba el niño más guapo del salón. Los alumnos de otros años susurraban a mi paso, sólo que, al contrario de los murmullos en mi vieja escuela, no lo hacían con burla sino con temor. Me convertí en la nieta de la bruja que cuando creciera seguramente se convertiría en otra bruja. También me destaqué por otras razones que eran parte de mi educación. Contestaba con naturalidad todas las preguntas que la maestra hacía ante la mirada perpleja de mis compañeros. Mis apuntes eran los mejores, todos en el salón me los pedían para copiarlos, y yo los prestaba sin importarme que Almudena me había sugerido no hacerlo.

Lo que más me gustaba de la escuela era la clase de teatro. Llevaba instaurada tan sólo unos cuantos años. Quien la introdujo en el plan de estudios fue Julián, uno de aquellos pequeños que asistían a las lecturas en casa de mi abuela. Cuando llegó a la edad suficiente, Julián se fue del país en busca de una especialización en dramaturgia y literatura. Mi abuela lo recordaba con cariño porque era de los pocos que, cuando volvía al pueblo para visitar a sus ancianos padres, le llevaba algún obsequio característico del lugar en que residía. Mi abuela le invitaba una taza de té. Ambos recordaban entre risas la familia de vampiros que lo atormentaba a sus once años.

La clase de teatro era los viernes. La impartía Domitila, una joven que llegó a vivir a Ciudad Albazán tres años atrás. Desde el principio propuso en el plan de estudios montar obras clásicas sin importar que no entendiéramos bien las pasiones de las que hablaban. Quería que abriéramos nuestros corazones al teatro, el entendimiento por medio de la razón llegaría solo y, si no llegaba, tampoco era algo que le preocupara tanto, para ella bastaba con que viviéramos la experiencia, porque atravesando el proceso llegaría el otro entendimiento, el inexpresable.

La obra que se montó ese año fue *La fierecilla domada*; como yo entré tarde a la escuela, no me tocó representar a ningún personaje. La verdad no me importó porque usaba la hora del teatro para retomar la lectura. Había pasado tantos días sin leer que decidí hacerlo desde el principio, pero de una forma diferente, marcando con papelitos las partes que no entendía o que me impresionaban sobremanera. Mi abuela ya me había instruido sobre el error tremendo que era marcar las páginas doblando las esquinitas, eso maltrataba los libros, me decía, así que ideé mi forma particular de señalarlas. Con papel de colores indicaba por qué había destacado esa página: rojo si se trataba de algo que me había dado mucho miedo, amarillo si eran palabras que debía buscar en el diccionario, azules cuando la narrativa me resultaba confusa y rosado si eran frases o párrafos que me habían gustado.

Sin embargo, la lectura del libro que mi abuela me había dado no producía el mismo efecto de día, nada cambiaba de lugar ni surgían sonidos extraños que me hicieran pegar un brinco. Pese a la pérdida de cierta emoción, otros beneficios salieron al paso. Marco Antonio, quien interpretaba a Lucencio, el joven pretendiente de Blanca que finge ser un profesor de latín, seguía cada uno de mis movimientos desde el escenario. En el segundo que Domitila indicó un cambio de escena mi nuevo amigo corrió a mi lado.

—¿Cómo te va en la obra? —le pregunté mientras se sentaba junto a mí.

—Bien, aunque la que hace de mi enamorada no me gusta nada.

—Pues ése es el chiste de ser actor, aparentar que sí.

—Yo no voy a ser actor, quiero ser chef como mi papá.

—Y yo escritora —dije, pensando en aquella fantasía que tuve de mí sentada en la biblioteca de mi abuela frente a la Olivetti verde de mi padre.

Al decir esto, Marco Antonio descubrió mi pequeño libro entre los cuadernos de la escuela. Lo tomó intrigado y leyó el principio.

—¿Es de miedo?

—Sí.

—¿Me lo prestas?

Dudé unos minutos, mi abuela ya me había dicho que eran libros valiosos por su antigüedad. En verdad quise decirle que no se lo prestaba, pero me lo pidió levantando las cejas de tal manera que sus ojos aceitunados tomaron una expresión que me conmovió.

—¿Y cuándo me lo devuelves?

—Hoy es viernes, el lunes te lo traigo de regreso.

—Que conste, porque si mi abuela se entera que lo presté, me va a regañar... es un libro valioso.

—No te preocupes, te prometo que lo cuido... Además, voy a visitarte el sábado.

Domitila llamó a Marco Antonio de regreso al ensayo. Estaban atrasados con la memorización de los parlamentos, pues la obra se presentaría en las fiestas decembrinas, y ya casi se terminaba octubre.

La fiesta de muertos sería en unos días. El pueblo celebraba con altares, comilonas y visitas al cementerio. La gente trataba de mantener sus costumbres y las festividades vivas a pesar de que ese año nadie tuviera ánimos de celebrar. Los niños habían empezado a desaparecer un par de meses atrás, y ninguno había regresado. Muchos los daban por difuntos, incluso se discutió la posibilidad de erigirles un altar el día de Todos los Santos. La mayoría montó en cólera por considerar que ponerlos en el altar era darse por vencidos, aceptar que estaban muertos. Los preparativos siguieron con discusiones y desacuerdos. Nadie quería festejar, pero tampoco nadie quería que la vida del pueblo se detuviera.

Mi abuela acostumbraba construir un gran altar en el jardín principal. Si bien era de sangre extranjera, había crecido en este pueblo desde niña y abrazado sus tradiciones como propias. Su altar era *sui generis* porque, a diferencia de los demás, destacaba por sus figuras reconocibles de algunos personajes de ficción o escritores afamados. Además, fiel a sus creencias y a las leyendas que había aprendido en sus libros, adornaba las ventanas con calabazas iluminadas con una vela para alumbrar el camino de los difuntos y ahuyentar a los espíritus chocarreros ávidos de pactar truco o trato, lo que constituía otra razón para que la miraran como a un bicho raro.

Salí del colegio acompañada de Marco Antonio. Mamá ya me esperaba afuera. Los presenté. Él se portó como un caballero, le causó buena impresión.

—Cuando quieras puedes visitar otra vez a María José en la casa. Mientras estén en el jardín y no se expongan en la calle, yo no tengo inconveniente.

—Gracias, señora —respondió Marco Antonio y se despidió cortésmente.

Caminamos de regreso tomadas de la mano. Le conté acerca de la obra de teatro en la que no participaba, pero cuyos ensayos eran divertidos. Ella me platicó que estaba haciendo arreglos navideños con los alumnos de segundo de primaria. Por fin nos estábamos acostumbrando a nuestra nueva vida.

19

Las Sombras que habitan detrás de los espejos existieron desde el inicio de todo. Son tan viejas como el tiempo. Pisaron juntas el mismo valle, cuando hombres y bestias ni siquiera habían aparecido. Son, se podría decir, Primordiales, como les llamó Lovecraft, aunque de tamaño ordinario, igual que nosotros. Por desconocer su nombre las bautizamos como las Sombras; se dice de ellas que hibernan en un espacio paralelo al nuestro pero imperceptible para el ojo humano.

Nadie supo de su existencia durante mucho tiempo. Residían en paz junto al primer hombre que, a pesar de jamás haberlas visto, supo percibirlas. No podía verlas porque ellas habitan en un cuarto eje dimensional, mas ellas sí podían ver a los hombres. Sin embargo, no hallaban manera de cruzar hacia nuestro lado. Les resultaba tan difícil como si nosotros intentáramos entrar a un mundo bidimensional. Una hoja plana de papel, por ejemplo, tiene largo y ancho pero carece de altura. Nosotros podemos observarla mientras ella sólo puede intuirnos. De la misma forma, siendo nuestro universo tridimensional, es decir con longitud, altura y profundidad, para nosotros es imposible siquiera concebir un universo de cuatro dimensiones.

Las Sombras hibernan ocho meses al año; los cuatro restantes se desperezan en busca de alimento. Curiosamente, el temor e idolatría que los hombres antiguos les profesaban era suficiente energía para mantenerlas satisfechas. Tanto los Primordiales como algunos Dioses se nutren del miedo bueno y la adoración del género humano.

Hacia el siglo XIII, cuando se inventaron los espejos gracias a cierta aleación de metales, las siluetas descubrieron un modo de cruzar a este lado. Aquella época era convulsa; el estilo de los gobiernos en turno, cruel y sádico. Se libraban batallas cruentas por un simple desacuerdo de creencias. El hombre aprendió a temerle al propio hombre. Pero el equilibrio no se rompió porque el miedo a los Primordiales se deslizó hacia los niños, y de tal manera continuó produciéndose la energía que los alimentaba.

Como las Sombras carecen de reflejo encontraron en los espejos una razón para envidiarnos. Nosotros éramos únicos y con rasgos propios, mientras que ellas carecían de facciones que les dotaran de alguna peculiaridad o distinción. Al asomarse por la luna de los espejos ansiaron poder reconocerse a sí mismas de la forma que lo hacíamos nosotros: buscaron en nuestra imagen su propio reflejo, aunque sin éxito.

Por fortuna los espejos no fueron populares en mucho tiempo. También se dice que el temor que los niños profesaban a las Sombras parecía mantenerlas apaciguadas. Durante varios años permanecieron sin reclamos. Entrado el siglo XVI los espejos se convirtieron en un objeto más habitual que invadió casas, salones y palacios, forjando infinidad de portales por todos lados. Pese a ello, las siluetas no intentaban cruzar porque el temor de los niños las mantenía sosegadas, en un estado de satisfacción tal que se regresaban a hibernar tranquilamente los siguientes ocho meses.

Pero todo eso cambió. Las peores atrocidades que el hombre podía cometer se iniciaron en aquel tiempo, de mano de hombres ricos y poderosos. Reyes y Papas que aseguraban recibir órdenes directas de un Dios escribieron liturgias y manuales de vida que, si no eran cumplidos al pie de la letra, provocaban su ira. La piedad cayó en desuso. Ciegos y sordos a cualquier otra creencia, torturaron, mutilaron y asesinaron a miles de personas por no obedecer los mandatos que, dicho sea de paso, ellos mismos tampoco cumplían. El terror transitó comarcas, la sangre corrió cual riachuelo, cabezas cercenadas y cuerpos desmembrados se exhibieron en plazas públicas en aras de aleccionamiento. Nadie pudo obviar la ferocidad entre los hombres ni su barbarie por encima del instinto, ya que ni la bestia más salvaje actúa con tanta saña y consciente de sus actos. Tristemente, los niños descubrieron a una edad en la que todavía no debían haberlo hecho, que lo único a lo que realmente debían temer era al propio hombre. Las Sombras, encolerizadas, ofendidas y hambrientas, se propusieron demostrar que no podía ser de esta manera, que a nada se le puede temer más que a un Primordial.

20

Los preparativos para la fiesta de Todos los Santos se nubla-
ron con el cadáver de Jacinto, el primer niño desaparecido.
Lo halló una cuadrilla de peones el sábado a primera hora cerca
de la antigua mina de los Campobello, la cual llevaba años clau-
surada por un litigio. Eusebio, el líder del grupo, iba delante car-
gando en sus brazos el pequeño cuerpo. Todos se habían quitado
los sombreros en actitud reverente. Conocían bien a Rubén, el
padre de Jacinto, todos los días compraban en su tienda la comida que se llevaban para la jornada. Rubén había empequeñecido
por la pena y a pesar de ello, no había dejado de trabajar ni de
perder la esperanza de hallar a su hijo con vida.

Los habitantes de Ciudad Albazán se unieron a la procesión
de peones que avanzaba detrás de Eusebio, dejando escapar alguna plegaria. Algunos enrollaban los sombreros o lo que tuvieran a la mano, mientras otros hundían la mirada en sus zapatos

para ocultar las lágrimas que derramaban sin querer. Mi madre, al ver el cuerpo de Jacinto exangüe, cubierto de golpes y heridas, con las manos llenas de tierra y sangre, trató de no desmoronarse. Me tomó con fuerza de la mano para unirnos a la marcha.

Varios padres se sumaron con sus hijos. A lo lejos detecté a Marco Antonio y Rómulo de la mano de Don Umberto. Almudena, acompañada de otras maestras, se mordía los dedos de la mano intentando contener el llanto. Jacinto había sido su alumno el año anterior. A un adulto le cuesta procesar la muerte de un niño.

Rubén, que en ese momento bajaba el toldo de su tienda para evitar que el sol magullara la fruta menos fresca, advirtió la pared de gente que se dirigía hacia él. Aunque Eusebio caminaba al frente, Rubén no alcanzó a distinguir lo que traía en brazos. Su atención estaba puesta en la muchedumbre. Conforme avanzábamos a paso lento pudo reconocer que el líder de los peones cargaba el cuerpo de un niño. No discernió el rostro, ni tuvo que tenerlo frente a él para saber que se trataba de Jacinto, y entonces tiró el gancho con el que subía el toldo y lanzó un grito de dolor que todavía me conmueve tan sólo recordarlo. Al escuchar el aullido, Lupina, su esposa, salió de la tienda. Para cuando llegamos hasta ellos, todos los caminantes sollozaban en silencio.

Rubén y Lupina se arrojaron sobre el cuerpo de Jacinto atragantados en dolor. Llenaron el viento de reclamos al cielo e insultos a los policías que exigían el cadáver. Arrebataron a Jacinto de los brazos de Eusebio para cargarlo y cubrirlo de lágrimas.

—Un padre no debe enterrar a sus hijos, es contra natura —escuché que dijo una señora que caminaba delante de nosotros.

—¿Qué pasará después de esto? —dijo la que iba a su lado.

Eusebio, conmovido al igual que todos, tomó una caja de madera repleta de manzanas, la vació en un costal de naranjas e improvisó una tarima.

—No podemos quedarnos con los brazos cruzados —dijo a la muchedumbre que se arremolinaba—. Si la autoridad no ha podido hacer nada ni ha devuelto a los desaparecidos a sus casas, entonces es momento de que lo hagamos nosotros.

Desde atrás se alzaron voces que no supe a quiénes pertenecían porque los adultos me tapaban.

—Mi hijo desapareció hace ya tres semanas.

—La mía ya tiene más de un mes —gritó una mujer.

—¡Entonces qué esperamos! —chilló Eusebio—. ¡Vámonos rumbo a Valle Trujillo a ver qué encontramos por ahí!

La multitud se armó con palas, piedras y picos ante una autoridad inofensiva que no se atrevió ni a abrir la boca. Nosotras nos alejamos de la turba a paso veloz.

En casa pusimos a la abuela y Alfonsina al tanto de los sucesos. Ambas quedaron tan consternadas como nosotras. Mamá le dijo a mi abuela que ya estaba reuniendo el dinero suficiente para volver a la capital. Las dos ancianas se entristecieron.

—No quisiera perderte otra vez —dijo mi abuela con una humildad que resultaba nueva para mí.

Mi madre, que solía enfrentarla con la altivez que no proyectaba en la calle, se acercó con cierta compasión para explicarle.

—Tú sabes lo que es tener una hija. No quiero vivir en este lugar si los niños peligran de esta manera. Si no reúno lo suficiente, tendré que pedirte dinero prestado y necesito saber si contaré con ello.

—Sabes que sí, Augusta —respondió mi abuela, vencida—. Sabes que siempre podrás contar conmigo a pesar de todo.

—Gracias, mamá —dijo mi madre en un susurro, antes de subir a su recámara.

Fue una tarde triste. Mi abuela se encerró en su biblioteca. No salió hasta pasada la noche. Marco Antonio no me visitó como había prometido, después de los sucesos seguramente su padre ya no le permitiría salir ni con la luz del día.

En la época en que nuestros padres fueron niños corrían libres por las calles y el quiosco de la plaza, trepaban árboles, exploraban los campos más allá del pueblo. Vagaban libres, alegres, correteándose entre los prados y jugando a las escondidillas en la mina que fue de los Campobello. Si alguien sospechoso los seguía, o pretendía abordarlos con engaños o amenazas, ninguno lo consentía de forma ingenua, interpelaban al sujeto y le hacían frente con la firme advertencia de que lo acusarían con sus padres. En la noche era distinto, huían despavoridos a sus casas aterrados por criaturas noctámbulas que aparecían para cobrar lo que les pertenecía: su miedo. Así que se metían temprano a la cama, justo después de extender las orillas de las cobijas cuidadosamente y meterlas bajo la cara inferior del colchón. Era el único modo de dormir tranquilamente, sin la incertidumbre de que, de un momento a otro, algunos de los monstruos que los perseguían pudiera jalarlos bajo la cama.

Durante mi niñez en Ciudad Albazán las cosas fueron diferentes. Los niños se reían de las tonterías que contaban sus padres o algunos viejos; debo confesar que yo misma me burlé del terror que mi madre sentía por el Hombre Retazo. A nosotros nos tocó temer la luz del día, temblar como hojas en el viento ante el cadáver de Jacinto, vivir aterrorizados ante aquellos que secuestraban a los hijos de la gente del pueblo, bajar la cabeza con miedo frente a algunos adultos que se burlaban de nuestro sufrimiento. Quedamos a merced del miedo malo, el que nos convertía en víctimas antes de haber sido atacados. Eso era justamente lo que ponía hambrientas a las Sombras y paralizaba el mecanismo del miedo: que la vileza del hombre las hubiera despojado de lo que por derecho era suyo.

21

El pueblo amaneció el lunes sumido en la desesperanza. Se intuía en la postura corporal de los habitantes: espalda encorvada, cabeza gacha, mirada esquiva. Más allá de timidez o recato, la cabeza inclinada era un signo de plegaria constante. Mi madre y yo salimos temprano para la escuela. El ritmo que un pequeño poblado suele tener a esa hora había disminuido considerablemente. Varios locales que acostumbraban abrir a las siete de la mañana estaban cerrados. Los caminantes habituales que paseaban a sus mascotas a esa hora seguían en sus casas, en espera de que la luz del sol alumbrara las calles. La misa de siete lucía desierta con todo y que los monaguillos tañeron las campanas con mayor fuerza que de costumbre. Varios niños no fueron al colegio a pesar de la insistencia de Almudena de continuar con las actividades para mantener la mente ocupada y el corazón distraído.

Ciudad Albazán parecía cada vez más un pueblo fantasma. Los preparativos para la fiesta de Todos los Santos habían sido cancelados. La tienda más importante del pueblo, propiedad de los padres de Jacinto, cerró sus puertas. En la entrada colgaron un gran moño negro. Rubén y Lupina desaparecieron de la faz del pueblo. Se encerraron a piedra y lodo después del entierro. Se rehusaron a abrir la puerta de su casa para recibir pésames o condolencias y pidieron, en voz del cura del pueblo, que no se les molestara, que agradecían las muestras de solidaridad pero preferían llorar a solas su pena.

En la escuela el optimismo había decaído. Si la noticia del asesinato de Jacinto había cimbrado al pueblo completo, ahora todos pensaban cuál sería el destino de los demás niños desaparecidos. Mamá me llevó asida de la mano hasta el colegio con la misma firmeza del que teme le arrebaten la bolsa en una calle oscura. Por unos minutos me sentí ridícula, sin embargo, al ver a los demás padres afectados con la misma aprehensión por sus hijos, comprendí que no se trataba de ideas sobreprotectoras de mi madre.

Los adultos se acercaban unos a otros para murmurarse algo al oído mientras miraban de reojo, con una compasión que no podían ocultar, a los padres cuya vida pendía del regreso a salvo de sus hijos. Rumbo a la escuela, la señora Ursula venía detrás de nosotros; Rafa apenas se veía por cómo lo cubría con su cuerpo rollizo.

Rafa se me figuraba un viejo para su edad. La pena te obliga a madurar de golpe en el mejor de los casos, o te amarga, en el peor. Rafa optó por lo segundo. Su dolor lo había convertido en un niño agresivo y peleón. En ciertas ocasiones Marco Antonio lograba controlarlo, en la mayoría de ellas Rafa terminaba en el piso liado a golpes con alguien. Yo fui por largo rato el blanco de sus ataques. Me culpaba por todo. Estaba seguro de que éramos una familia de asesinas que matábamos niños. Marco Antonio me defendía e intentaba hacerlo entrar en razón.

A la hora del recreo, los pocos alumnos que sí asistíamos a clases nos desperdigamos en las zonas del patio. Marco Antonio y yo nos recargamos en un árbol que estaba detrás de las oficinas del colegio. Me devolvió mi libro.

—Me gustó mucho —dijo.

—Ardo en deseos de retomarlo, no me digas el final… ¿Qué fue lo que más te gustó?

—La emoción, el estómago pesado como si me hubiera tragado cien piedras, el ansia que me daba pensar que esa cosa pudiera estar en mi cuarto… hacía mucho que nada me provocaba tanto nervio, aparte de que los niños desaparezcan en el pueblo, claro. Hubo momentos en los que creí que esa presencia cambiaba algunas cosas de lugar, ya sabes, según yo había dejado el libro en una página, y cuando volvía del baño, ya estaba en otra.

—Sí, a mí me pasó algo parecido, nada me daba miedo y ese librito empezó a asustarme.

Concentrados en la conversación, en no quitarnos la vista uno al otro, no nos percatamos de que un tipo vestido con ropa para faena ruda llamaba a un alumno de los primeros grados y le enseñaba un carro rojo de madera. El niño, que tendría siete años, corrió hasta los barrotes que separaban la escuela de la calle. Marco Antonio se dio cuenta de la escena en un segundo vital. Pegó un brinco y se dirigió a la reja dando gritos.

—¡Oye tú, qué quieres! —luego gritó hacia las oficinas de la escuela—: ¡Maestra Almudena! ¡Maestra!

El tipo que estaba fuera de la reja dejó caer el juguete en el piso. Se alejó como alma que ha visto al diablo. Almudena y otros maestros salieron y se enteraron de lo que había sucedido. Nos interrogaron a Marco Antonio y a mí, y al niño que, si Marco Antonio no hubiera reaccionado a tiempo, probablemente hubiera sido secuestrado. Ninguno pudimos dar una descripción detallada más allá de que traía puesto una especie de overol de trabajo.

La dirección del colegio y la asociación de padres de familia emitieron una alerta roja. A partir de ese día se suspenderían las clases. Esa misma tarde se reunieron para diseñar una guía de estudios que padres y tutores harían cumplir en casa para que los niños de Ciudad Albazán no se atrasaran en el ciclo escolar. Instruyeron a todos sobre un toque de queda aplicado específicamente a los menores de edad. Ningún niño tendría permitido salir durante el día si no iba acompañado de un adulto de su familia. Ningún niño podría salir de su casa después de las seis de la tarde, ni siquiera en compañía de un adulto, salvo en ocasiones fuera de lo ordinario o urgentes. Los padres aceptaron las disposiciones sin un solo reclamo, en la esperanza de procurar nuestra seguridad.

Antes de salir de la escuela, Marco Antonio me preguntó si nos podríamos reunir para estudiar juntos. Yo me negué porque estaba consciente de que mi madre no me dejaría salir de casa. Él me dijo que quizá lograría convencer a su papá de llevarlo a la mía y recogerlo más tarde. Acepté. Marco Antonio y yo nos despedimos con un beso en la mejilla que algunos niños tomaron por burla.

Anocheció. Yo vibraba entre dos sentimientos distintos e irreconciliables: la tristeza y el horror que se clavaron en mi pecho por la muerte de Jacinto y la alegría y la emoción que la amistad de Marco Antonio me inspiraba. No conocí a Jacinto, pero no hace falta conocer a la gente para compadecerse por su tragedia. Llevaba poco tiempo de conocer a Marco Antonio, pero tampoco hacía falta una eternidad para saber que tenía frente a mí a alguien que indudablemente marcaría mi vida.

Esa noche nos retiramos a nuestros cuartos más temprano que de costumbre. En casa no teníamos ganas de nada y hablamos poco durante la cena, quizás algún comentario sobre la pena del tendero y el destino de los niños. De cierta manera éramos casi mudas, soltando una que otra sílaba o sonido gutural para refrendar que seguíamos presentes frente a la mesa. Apenas mi abuela farfulló un desabrido "buenas noches", subimos a nuestras habitaciones respectivas.

—¿Quieres dormir conmigo? —me preguntó mi madre, pensando que aceptaría.

—No, mamita, gracias —respondí convencida.

Yo quería conjurar el miedo que había convertido a Ciudad Albazán en un pueblo fantasma. Añoré, aunque parezca ilógico, el miedo que me produjo aquella pesadilla, la sensación de que una presencia invisible me acechaba por debajo de la cama, las formas siniestras y monstruosas que cualquier mueble u objeto tomaba de noche. Saqué de la mochila el libro que Marco Antonio me había devuelto, y entonces alguien tocó en mi puerta.

—Adelante —dije mientras ocultaba el libro entre las sábanas.

Alfonsina entró con una charola con una jarra de agua y un vaso. Lo puso en el buró. Se sentó a mi lado y pasó cariñosamente una de sus manos sobre mi cara.

—Sé muy bien que eres una niña valiente. Pero después de todo lo que ha ocurrido creo que tienes derecho a dejar un poquito esa postura. Así que te traje agua por si tienes sed no tengas que bajar. También quería decirte que si sientes miedo y no quieres que tu mamá se dé cuenta puedes dormir conmigo en mi cuarto. Augusta lo hacía muy seguido.

Le di las gracias y un beso en la mejilla. Me gustaba tener su oferta además de la de mi madre, aunque prefería no usar ninguna, en mi cabeza todavía resonaban los consejos sabios de mi padre sobre cómo enfrentar mi propio temor.

22

La luz de la lámpara del buró bañaba las paredes y las figuras de mi habitación. Dejé las cortinas descorridas para otear de vez en cuando hacia la calle. Un velo vaporoso, resultado de la niebla, no me permitía distinguir con claridad las fachadas de las casas vecinas. Había luna nueva y la penumbra devoraba los pequeños faroles de la calle. No prestaba mucha atención a ello, estaba embebida en la historia de mi libro, con la mente ocupada y el corazón distraído, como había dicho Almudena. Quería terminarlo esa misma noche para que cuando Marco Antonio fuera a estudiar a mi casa pudiéramos hablar de algo que sólo nos concernía a los dos.

Decididamente, las crisis vuelven a empezar. Vuelvo a tener las mismas pesadillas. Anoche sentí que alguien se inclinaba sobre mí y con su boca sobre la mía, bebía mi vida. Sí, la bebía con la misma

avidez que una sanguijuela. Luego se incorporó saciado, y yo me
desperté tan extenuado y aniquilado, que apenas podía moverme.
Si eso se prolonga durante algunos días volveré a ausentarme.

Las yemas de mis dedos impregnaban de sudor el papel del viejo libro. Recordé la enseñanza de la abuela sobre los cuidados que uno debía darles. Me sequé las manos en las sábanas. Tuve unas ganas irresistibles de ir al baño pero era imposible abandonar la lectura. Me decía "termino esta página; no, mejor me espero a terminar lo que dice en esta fecha", pero seguía leyendo sin poder salirme de la cama.

Mi boca rugió por agua. Me empiné un vaso. No pude aguantar más las ganas de ir al baño. Tomé el quinqué para no prender las luces, no quería despertar a mi madre, que seguramente me regañaría. En el baño una rama de arce pegaba contra una pequeña ventana encima de la bañera. Sobre ésta había un búho que ululaba. Me apresuré a terminar mis necesidades fisiológicas y regresé a mi recámara en una carrera de puntitas. Entré a la cama de un salto.

Después de recobrar la razón, sentí nuevamente sed; encendí una
bujía y me dirigí hacia la mesa donde había dejado la botella.
La levanté inclinándola sobre el vaso, pero no había una gota de
agua. Estaba vacía, ¡completamente vacía! Al principio no com-
prendí nada, pero de pronto sentí una emoción tan atroz que tuve
que sentarme o, mejor dicho, me desplomé sobre una silla.

Justo en ese instante volví a sentir ruido bajo mi cama. Fueron dos golpes leves. Se trataba de ese tipo de sonido que te hace dudar si lo imaginaste o realmente sucedió. Decidí ignorarlo; si Marco Antonio iba a venir a estudiar mañana a la casa más me valía terminar el libro.

Luego me incorporé de un salto para mirar a mi alrededor. Después volví a sentarme delante del cristal transparente, lleno de asombro y terror. Lo observaba con la mirada fija, tratando de imaginarme lo que había pasado. Mis manos temblaban. ¿Quién se había bebido el agua?

Otro golpe sonó, sólo que ahora el sonido era más fuerte. Coloqué el libro a mi lado y escuché con atención, entonces sonó más fuerte, más y más, tanto que solté un pequeño grito contenido que me salió como un jadeo. El miedo me pegó la lengua al paladar con un sabor desagradable. Estiré la mano hacia el buró por agua. Descubrí la jarra completamente vacía. ¿Acaso fui yo y no me di cuenta?, me dije para mis adentros. ¿Me estoy volviendo loca como el personaje del libro? Luego me respondí que no, que bien sabía que únicamente había bebido un vaso y que Alfonsina había subido la jarra llena. Los golpes insistieron cada vez con mayor violencia.

Rememoré a mi padre: "te agachas con fuerza, te asomas o levantas las cortinas de un tirón, te darás cuenta de que no hay nada y que tu miedo es infundado". Me armé de valor, convencida de que me estaba sugestionando y que tenía la razón a mi lado, sabiendo que era ilógico que hubiera alguien o algo bajo mi cama. Me agarré con vigor de la orilla del colchón, me lancé de cabeza para asomarme, y entonces lo vi, agachado en cuclillas, hecho una bola deforme sin rasgo de apariencia humana, sus ojos eran amarillos como los de un gato. Me miró desafiante sin importarle que yo lo estuviera viendo, sonreía con una hilera de dientes sucios y afilados que se sobreponían unos a otros como si no hallaran más espacio donde crecer; la sonrisa era hiriente, burlona, contenta de mi expresión de terror.

Me solté del colchón y caí al piso. La cosa intentó avanzar hacia mí, pude verle un pie, más bien una pata grisácea que terminaba en cuatro garras y se movía. No recuerdo cómo pero de inmediato ya estaba escaleras abajo en medio de la oscuridad tropezando con cada mueble de la estancia. Mi corazón latía a punto de salir de mi pecho. El ruido de la maquinaria que de pronto se oía a lo lejos sonó entonces a una velocidad continua por encima del tictac de los relojes.

Atravesé la estancia. Crucé la cocina y, en mi carrera desbocada, con los sentidos más alertas que nunca por el terror que me inundaba, me pareció distinguir una risa socarrona ahogándose a lo lejos, en la planta alta, por debajo del sonido de la pesada maquinaria. Salí al jardín. Toqué en la habitación de Alfonsina; una luz se encendió y, al verla desde fuera, me dio un instante de sosiego. Alfonsina abrió la puerta y me eché en sus brazos.

—Hay algo bajo mi cama, nana, era horrible, con garras y colmillos y…

—Ya… ya pequeña —me dijo abrazándome y haciéndome sentir a salvo.

—Tengo miedo, Alfonsina… ¿y si está bajo tu cama?

—Yo no tengo un "debajo de mi cama".

Nunca antes había entrado a la habitación de Alfonsina. Me sorprendió que fuera diferente al resto de la casa: era una especie de construcción circular donde no había ninguna esquina o recoveco. Era de buen tamaño y con un baño privado tan grande como el nuestro, no el típico rincón claustrofóbico que las amas de casa designan para la servidumbre. Pero más que eso, al contrario de lo recargado de los adornos y las colecciones de objetos de casa de mi abuela, el cuarto de Alfonsina no tenía nada. Las paredes eran blancas, lisas, sin cuadros, fotos, santos o macetitas que las adornaran. No había un solo espejo. El colchón de su cama estaba colocado sobre una base de concreto que, como dijo ella, cancelaba toda posibilidad de un "bajo la cama". Los armarios no tenían puertas y estaban siempre abiertos, mostraban un interior austero y ordenado, sin grandes pilas de ropa en las repisas ni vestidos apretujados unos contra otros. Tampoco había buroes, ni relojes ni lámparas. En el piso había una charola grande de madera en la que colocaba una jarra de agua, un vaso, sus lentes de aumento y una pesada argolla de la que colgaban todas las llaves de la casa principal.

—Esta recámara no es original —me dijo al darse cuenta de mi asombro—. Yo le dije a Eduviges: si quieres que me quede a vivir contigo me construyes una habitación en el jardín tal como yo quiera, y me lo cumplió. Yo no duermo en la casa principal ni loca.

Me dejé caer en su cama.

—¿Podemos dormir con la luz prendida? —le pregunté.

—Claro —respondió, y fue a encender la luz del baño.

Mi cuerpo se aflojó al sentirse a salvo, la tensión en las articulaciones y músculos cedía, recosté mi cabeza sobre el pecho generoso de Alfonsina. Con su abrazo me quedé dormida casi de inmediato.

23

Augusta, mi madre, llegó a vivir a casa de mi abuela a la misma edad que yo, a los doce años. Su encuentro con la mansión no fue tan grato como el mío. Nada le cautivó, al contrario, sintió aversión por cada centímetro de ella. Mi madre había estado internada en el colegio de monjas. Veía a mi abuelo Santiago cada viernes al salir del convento para pasar juntos el fin de semana. La educación religiosa le sentó bien. Abrazó como propios los preceptos y credos de la Iglesia, si bien ya estaba condicionada desde antes por influencia de su padre. De mi abuela le dijeron poco, sólo sabía vagamente que era una mujer de mala sangre que había dedicado su vida a placeres mundanos y costumbres dudosas.

Las religiosas que la recibieron a los cuatro años creyeron a pie juntillas todo lo que el devoto Santiago les contó sobre la ruina de La Piadosa. Según su recuento de la historia, él se había enamorado de una mujer perversa gracias a sus malas artes y al conjuro que le lanzó un domingo que se conocieron dando la vuelta en el quiosco de Ciudad Albazán. Él, hombre recatado y piadoso, se vio irremediablemente atraído hacia esa mujer de mirada fría e intenciones ocultas y terminaron contrayendo nupcias poco después. "Eduviges me lanzó un hechizo que me obligó a desoír los consejos de quienes desconfiaron de sus libros... hasta ese momento yo no sabía que eran de magia y brujería", fue su explicación.

Según mi abuelo Santiago Cué, Eduviges Berenguer era una mujer rebosante de maldad: desde el primer día que puso pie en La Piadosa, su influjo descendió sobre la hacienda. Las cosechas se perdieron, los peones huyeron en busca de trabajo en poblados aledaños y las mujeres de la zona dejaron de estar en estado de gracia.

Las monjitas se tragaron el cuento completo, que algo tenía de cierto, pero también mucho de tergiversado. Le prometieron no condescender en la educación de mi madre para eliminar la mínima simiente de su estirpe de bruja. Mamá recibía enseñanzas religiosas a todas horas, la aleccionaban para despreciar cualquier pensamiento o idea que le hiciera dudar de sus dogmas. Le metieron en la cabeza que los libros que no estaban autorizados por la Iglesia, aunque se hicieran pasar por buena lectura, eran dolosos y perjudiciales, y que todo aquel que quisiera entablar con ella una discusión o polémica llevaba la intención oculta de hacerla claudicar de su fe, "no es más que el diablo disfrazado cumpliendo su mala obra", le decían. Para cuando sor Engracia llegó al internado mi madre ya estaba demasiado programada.

Engracia Morán fue una religiosa distinta a las que mi abuela había conocido. Era una mujer inteligente que se había graduado en filosofía y letras hispánicas. Amaba la lectura y no estaba de acuerdo con la posición de las religiosas más ancianas hacia los libros. En un principio fue mal vista, incluso atacada con calumnias que otras religiosas tejieron a sus espaldas. No obstante, sor Engracia las confrontó a todas en defensa del lugar que le correspondía como maestra de literatura y consejera de las alumnas. Por supuesto, sor Engracia no creía los vilipendios que se decían sobre Eduviges Berenguer, y llegó a retar a algunas monjas por lo poco misericordioso que resultaba someter a alguien a tal escarnio. Mi abuelo Santiago le desagradaba a más no poder. Cada viernes que acudía al convento a recoger a mi madre lo miraba con desconfianza, sin la actitud lastimera con que lo recibían las demás hermanas. "Viejo ladino y mentiroso", llegó a comentarle a otras monjas igual de jóvenes que ella, "no quiero ni saber lo que habrá tenido que enfrentar esa pobre mujer".

Al morir Santiago Cué, la directora dispuso una habitación para mi madre, pero sor Engracia se opuso a su residencia permanente porque no se trataba de una huérfana. Ante la insistencia de la madre superiora, sor Engracia envió una notificación de inconformidad a la sede de la orden indicando que el internado gratuito se reservaba para huérfanas desprotegidas; la niña Augusta Cué Berenguer no sólo tenía madre, sino que ésta contaba con recursos económicos abundantes. El alto mando de la orden giró un despacho en el que le autorizaba a sor Engracia entregar la niña a su progenitora.

El tiempo que mi abuela y mi madre tuvieron para habituarse una a la otra en la casa de Ciudad Albazán fue incómodo.

Mi abuela guardaba la esperanza de que se tratara de la timidez habitual que un niño padece frente a personas extrañas, pero la actitud de mamá no cambió. Desde que arribó a casa fue distante y fría, el trato dulce lo reservó para Alfonsina. Debido a la letanía de las religiosas había aprendido a desconfiar de todo lo que su madre decía. Nunca entraba a la biblioteca y, a pesar de que mi abuela intentaba emocionarla con algún título o trama, ella la cuestionaba con la misma interrogante: "¿esos libros están autorizados por la Iglesia?". Mi abuela le respondía con sinceridad: "algunos no, otros no sé, pero ninguna de las dos razones importa".

Mi madre siempre fue renuente a tomar un libro, sin embargo, las reuniones que mi abuela organizaba para leerles a los niños de Ciudad Albazán le emocionaban. Allí conoció a Almudena. Mamá aprendió a sentirse importante porque todos los chiquillos querían platicar con la "maestra Eduviges", como le decían, y se esforzaban por agradarle a la hija de la señora de los mil libros.

Por esa época mi abuela les leía *Frankenstein o el moderno Prometeo* de Mary W. Shelley, uno de los relatos más espeluznantes y conmovedores que conozco. Los niños rodeaban a mi abuela como las figuras de animalitos que circundan el cilindro central que hace girar a un carrusel. Se acomodaban cerquita unos de otros para poder abrazarse en las partes de la lectura que más miedo les daba. Algunos, los más grandes, se recostaban despreocupados sobre los cojines en una franca muestra de lo mucho que se regocijaban. Los más pequeños se mordían las uñas o se cubrían la cara con la creencia equívoca de que esto los protegería del monstruo. Había párrafos en los que los pequeños gritaban, como aquél en el que Shelley dice: *"A la pálida y amarillenta luz de la luna que se filtraba por entre las contraventanas, vi al engendro, al monstruo miserable que había creado. Tenía levantada la cortina de la cama, y sus ojos, si así podían llamarse, me miraban fijamente"*. Y otros en los que cerraban los ojos apretando los párpados como si con esta acción impidieran ver en su mente la fisonomía que habían imaginado de la criatura: *"¡Ay! Ningún mortal podría soportar el horror que inspiraba aquel rostro. Ni una momia reanimada podría ser tan espantosa como aquel engendro. Lo había observado cuando aún estaba incompleto, y ya entonces era repugnante"*. Pero también había párrafos que los dejaban en silencio, con la mirada clavada en el techo, en una reflexión profunda acerca de su propia humanidad: *"Pero no eran del todo dichosos. El joven y su compañera con frecuencia se retiraban, y parecían llorar. No comprendía la causa de su tristeza; pero me afectaba profundamente. Si seres tan hermosos eran desdichados, no era de extrañar que yo, criatura imperfecta y solitaria, también lo fuera"*.

Los padres de los pequeños asistentes a las tardes de lectura, impresionados de que sus hijos quisieran ir con tanto gusto a una clase de español, jamás indagaron lo que hacían durante esas dos horas. Las dudas empezaron a surgir cuando ninguno quiso dormirse con la luz apagada o se negaron categóricamente a recoger los zapatos que quedaban tirados bajo la cama. Los chiquillos empezaron a mencionar a criaturas que los acechaban en el armario, brujas convertidas en arañas que tejían redecillas en las esquinas de sus habitaciones, presencias invisibles que se bebían sus vasos de agua o leche y monstruos hechos de retazos de cadáveres y electricidad.

Los padres se reunieron a discutir la actitud de sus hijos, pues era extraño que todos, más o menos, hubieran sufrido los mismos cambios y al mismo tiempo. Llegaron a la conclusión de que los miedos y pesadillas tenían la misma procedencia: las clases de español de la viuda Berenguer. Una tarde se organizaron y, en vez de sus hijos, fueron ellos quienes asistieron a la mansión de las gárgolas. Mi abuela los recibió a todos en la biblioteca para responderles sus preguntas, sin ánimo de ocultarles nada.

—¿Y qué es lo que hacen en las clases de español? —cuestionó un padre.

—Les leo cuentos o novelas, a veces ellos se turnan para leer por partes. Veinte minutos antes de que acabe la clase, les pido que me escriban lo que les haya causado la historia; algunos hablan de los personajes, otros de la anécdota, algunos encuentran moralejas, pero no hay un solo niño que no salga afectado de alguna manera por la lectura.

—Sí, eso lo sabemos, afectados están todos —dijo una de las madres en lo que pareció un reclamo.

—Bueno, señora —dijo mi abuela—, ¿de qué sirve la lectura si no nos afecta de alguna u otra manera…? De eso se tratan las clases, de vivir los textos, de involucrarse con ellos, de la posibilidad de hablar directamente con aquello intangible que brota de las páginas.

—¿Pero una clase de español no es para enseñarles a escribir correctamente?

—La mejor forma de lograr eso es leyendo. De ese modo se internalizan la gramática y la ortografía; no hay nada más vulgar y desagradable que esos maestritos de español recitando reglas ortográficas y gramaticales como loros. Los grupos de lectura son una buena forma de iniciar a los niños en ésta, en poco tiempo se sueltan por su cuenta y continúan la aventura en solitario.

—¿Y qué cosas les lee? ¿Podría leernos algo para saber qué leen nuestros hijos?

—Los libros están en esta biblioteca, puede coger cualquiera al azar y leer un párrafo usted mismo.

El padre que hizo la pregunta se acercó determinante al librero. Tomó el primer tomo que estaba a su alcance y abrió una página al azar.

—"Después de tres días su sangre, tibia aún, riega la tierra bajo el pino tétrico y solitario y ennegrece el pálido Ovigan" [...] "¡Huyamos, huyamos! ¡Huyamos! ¡Ay de quien pase por la palude cerca de él! ¡Es un vampiro!" [...] "El feroz lobo se aleja del impuro cadáver, y el fúnebre buitre se eleva hacia la montaña pelada" —luego remató furibundo—: ¿Y usted cree que esto es una lectura para niños?

—Alejandro Dumas es una lectura para cualquiera —le respondió mi abuela sin perder la compostura, arrebatándole el libro de sus manos.

—Por algo volviste quemada de Villa Alberina —alegó otra madre.

—Desde que ustedes llegaron a Ciudad Albazán nos pareció que algo raro se traían. Compraron una mansión enorme que nadie más pudo haber comprado, le colocaron esos horribles monstruos en el techo... pero esto, espantar a un niño por puro gusto, me parece perverso.

—Bueno, no es sólo por puro gusto.

Dicho esto, una de las madres se abalanzó sobre mi abuela y le dio una cachetada. La gente del pueblo no apreciaba mucho su ácido sentido del humor; la creían insolente, arrogante y mal-intencionada. Ella se quedó pasmada, con la mejilla enrojecida y caliente, sin saber cómo reaccionar. Se enderezó el vestido y con ademanes gráciles se reacomodó el cabello despeinado que se había salido de su lugar.

—No hay necesidad de estas agresiones —intervino la madre de Almudena—. Es algo muy simple, quien no quiera que su hijo lea estos libros que no lo mande a la clase de la maestra Eduviges. Yo, por mi parte, estoy encantada de que mi hija a esta edad esté metida en una biblioteca por el puro placer de leer.

—Estoy de acuerdo —dijo el padre de Umberto—, a mi hijo le encanta venir a leer aquí, es una buena forma de entretener-los… Además, es normal que a esta edad los niños sientan miedo de espantos y csas cosas.

La discusión continuó pero mi abuela ya no dijo una pala-bra más, se mantuvo al margen mientras los padres se ponían de acuerdo entre ellos. Mi abuela salió avante del altercado, mas el resultado final fue la desbandada de la mayoría de los niños de la clase de español. Se quedaron unos pocos, entre ellos Almudena y Umberto.

A mi abuela ya no la miraban igual en el pueblo. Si bien siem-pre fue tachada de excéntrica, nunca antes la habían agredido. Lo cierto es que había llegado a Ciudad Albazán porque en la ciudad en la que vivía anteriormente su madre no era bien vista. Ése era el estigma de las Berenguer: trascurrido cierto tiempo, ya nadie las quería de vecinas.

Mi abuela decidió que no se iría de Ciudad Albazán pasara lo que pasara. El destierro de Villa Alberina y la forma violenta en que éste había sucedido le daban una perspectiva diferente:

no permitiría que nadie la despojara de su derecho a vivir en el lugar donde quisiera. Así aprendió a coexistir con rumores a su espalda y dedos que la apuntaban llamándola bruja. No sé si fueron las llamas que enfrentó en Villa Alberina o el temor con el que la miraban otras mujeres, pero una parte de ella empezó a disfrutarlo.

24

El legado literario que las Berenguer recopilaron y guardaron desde que se inventó la imprenta es una parte enriquecedora, incluso apasionante, de nuestro deber. Es algo que todas aprendemos a disfrutar desde niñas, con la excepción de mi madre, claro está. Pero es solamente eso, una parte del deber: el verdadero trabajo es mantener el mecanismo del miedo en movimiento. Y lo trágico es la pérdida ineludible de nuestro amor.

Catalina fue una mujer adelantada a su época. Rebelde, provocadora y de ademanes varoniles, así la describían los caballeros que la conocieron y se dedicaron a esparcir el rumor. Pertenecía a una familia de nobles de Gerona. Su padre, hombre librepensador, propietario de vastos territorios en las comarcas de Gerona y Osona, la instruyó desde pequeña, y también le enseñó a montar a caballo. Los hombres de la región la admiraban con desconfianza mientras cabalgaba al lado de su padre en los días de cacería.

Catalina no aceptó pretendiente alguno por pensar que le restaría tiempo a los menesteres que le apasionaban. Ávida de saber, de conocer el mundo, convencida de que la vida matrimonial sólo la anclaría a un micro universo cerrado y elemental, se dedicó a pagar fortunas por manuscritos que encargaba a mercaderes que conocían sus gustos. Amaba a su padre, quien sentía orgullo de tener una hija que pensara por sí misma y, a su muerte, Catalina heredó sus tierras. Su primera ordenanza fue que los campesinos que vivían en sus feudos pagaran un tributo considerablemente menor a lo que su padre colectaba, lo que le granjeó el aprecio de los labriegos.

En aquella época, se especula que alrededor del siglo XV o XVI pues no existe documentación que respalde lo que ha pasado de generación en generación, Catalina organizaba grandes fiestas en su castillo. Aprendió el laúd, la flauta y el órgano, y se hacía acompañar por juglares viajantes que tocaban arpas, mandolinas y percusiones con cierta maestría. Algunos se quedaban largas temporadas en su castillo, otros se marchaban después de un par de noches, pero todos partían agradecidos por su hospitalidad. En el feudo empezaron a circular rumores de que Catalina era amante de los viajeros a los que daba hospedaje, mas ella nunca hizo caso de habladurías.

Las reuniones nocturnas de Catalina se hicieron famosas. A todo lo ancho de Europa se hablaba de su hospitalidad e intelecto. Condes, duques y marqueses intentaron cortejar a la noble rica que también tenía fama de rechazar a todos los pretendientes. Nadie pudo ufanarse de la conquista hasta que, entre tanto nómada que pasó por su alcázar, uno se ganó su corazón.

Europa vivía pugnas y guerras constantes mientras el feudo Berenguer de Alcarràs se mantenía inexplicablemente en paz. Los cuentos de armonía y prosperidad reinante atraían cada vez más a las sociedades vulnerables de la Europa de la época: judíos, herejes, paganos, gitanos, musulmanes, brujas y no bautizados encontraban asilo de la cacería que empezaba a alcanzar la comarca de esta antecesora nuestra. Lo único que temían los siervos de Berenguer eran las leyendas acerca de las Sombras que vivían aletargadas tras los espejos de su castillo, aunque no está de más advertir que nadie más que ella tenía espejos en la comarca.

Los tributarios de Catalina cerraban las puertas de sus viviendas apenas el sol empezaba a caer. Una vez que se creían a salvo colocaban una ofrenda en el umbral de sus hogares para mantener a las Sombras satisfechas. Cuando amanecía, las ofrendas continuaban ahí, porque las Sombras se satisfacían del miedo que les profesaban. La convivencia era pacífica.

El feudo Berenguer de Alcarràs fue próspero durante varios años. Si algo se le puede recriminar a Catalina es haber mantenido a su comarca aislada del mundo que la rodeaba: lejos de las malas nuevas originadas por las brutales batallas, ajena a los testimonios sobre la crueldad común con que gobernaban los nobles de su época, distante de las bulas papales que sellaban el destino de todo ser viviente. Catalina no solía prestar oído porque se conformaba con la paz de su reino, pero el mundo del cual abjuraba no tardó en romper la delicada burbuja que los guarecía.

Las noticias de que un feudo albergaba a herejes, brujas, paganos, gitanos, judíos y musulmanes por igual no tardaron en llegar a los altos mandos eclesiásticos. Desde la cúpula del poder se fraguó el fin de Catalina. Viejos monjes, plebeyos fanáticos y nobles que fueron rechazados por la hechicera, como habían empezado a llamarle, marcharon armados con el propósito de destruir su reino.

Los cruzados, así los bendijo el Papa en turno, atacaban durante el día y se replegaban por la tarde. Los combates fueron sangrientos. Hombres, mujeres y niños terminaron descuartizados y hervidos en calderas para aleccionar a los que no se daban por vencidos y se rehusaban a aceptar la religión que respaldaban los poderosos. Como resultado de aquel exterminio los niños de cada familia dejaron de temer a las leyendas de las Sombras para temerle al hombre mismo, al punto que éstas salieron para demandar lo que les pertenecía.

La batalla duró tres meses. Mientras el sol brillaba los poblados eran arrasados por los ejércitos y, al llegar la noche, las Sombras bajaban a los campamentos para devorar vivo lo que toparan a su paso. De haber sido el territorio más pacífico y próspero de Europa, el feudo de Catalina Berenguer de Alcarràs se volvió sinónimo de terror y muerte. Catalina, consciente de cuál sería su destino si era apresada con vida por los inquisidores, huyó de su castillo acompañada por tres miembros de su corte: Jared, un alquimista; Felipe, un juglar; y Agustín, un monje erudito desertor de la escolástica jesuita. Este último es quien se ganaría su corazón.

25

El día que Gelio apareció, un monaguillo de la iglesia dobló las campanas hasta que todo el pueblo salió de sus casas. Gelio entró al pueblo solo, descalzo, con la espalda descubierta en donde se veían tejidos desgarrados y heridas abiertas que sangraban. Tenía los ojos desorbitados y la mirada perdida en la inmensidad de la nada. El primero en toparlo en la calle fue Federico, el sastre del pueblo, que había salido temprano a recoger personalmente los trajes del alcalde. Caminaba rumbo a su casa cuando atisbó una diminuta silueta que parpadeaba como una llama resplandeciente. En un principio pensó que se trataba de una confusión resultado de las copas que se había tomado el día anterior durante el juego de baraja. Pero pronto notó que la aparición se le acercaba. Cuando lo tuvo a distancia suficiente pudo distinguir que se trataba de un niño. Federico se desvió de su destino para poder verlo de cerca, cuando lo reconoció lo levantó en brazos. Le preguntó cómo estaba y no obtuvo respuesta. En seguida lo zarandeó de los hombros para hacerlo reaccionar pero el niño permaneció impávido. Federico abandonó la faena de los trajes del alcalde para llevar a Gelio a su casa. Un monaguillo atestiguó la escena y sin demora corrió a avisarle al cura, quien le ordenó tañer las campanas.

La madre de Gelio lanzó un alarido que despertó a Rafa. Federico, al escuchar la desesperación de la madre, gritó para tranquilizarla: "está vivo, mujer, está vivo". En menos de una hora se armó la romería. Varios pueblerinos querían felicitar a los padres por recobrarlo con vida y Rubén, menos afortunado, buscaba averiguar quiénes eran los culpables de la muerte de Jacinto. La familia no recibió a nadie. Permaneció encerrada con el médico y el sacerdote para saber hasta dónde había sido dañado el niño.

La noticia llegó rápido a nuestra casa. Mamá dijo: "gracias a la santísima providencia"; mi abuela murmuró: "un niño más que necesita que le devuelvan su inocencia". Yo no dije nada.

El chisme de que Gelio había regresado sin habla, en estado de shock, se regó por las calles, la iglesia y la plaza. Incluso en el mercado, al que Alfonsina había ido a comprar varas de nardo, los marchantes decían que a Gelio le habían cortado la lengua. Sentí pavor de escuchar aquello. Por la tarde, una conocida de Alfonsina que trabajaba en casa del alcalde le contó que Gelio seguía en silencio, con la mirada perdida en el vacío, al igual que los que pierden su espíritu por toparse con el diablo.

Nadie le sacó una palabra a Gelio, de modo que resultaba imposible saber dónde había estado, qué le habían hecho y quién se lo hizo. Por las noches despertaba temblando, con los ojos llorosos y aullando en un alarido mudo, sin ruido, como si fuera un mimo. La situación de Gelio me entristecía, era imposible pensar en otras cosas que no fuera su martirio: su cuerpo en carne viva por semanas de tortura y flagelaciones a las que había sido sometido. Por fortuna Marco Antonio me visitó en la tarde con el pretexto de estudiar geografía. Necesitaba que alguien me quitara de la cabeza la imagen sufriente de Gelio.

Marco Antonio y yo nos sentamos en el jardín. A diferencia de la ocasión anterior, mi madre nos vigilaba desde dentro de la casa; no por desconfianza sino porque temía que alguien pudiera saltarse la barda y raptarnos. De todos modos pudimos platicar de nuestro libro en común. Me relató cosas que me dejaron atónita: que alguien se bebía el agua que él llevaba en las noches para no tener que ir a la cocina, o que la primera noche puso un vaso de leche al lado de su cama y, a su regreso del baño, el vaso estaba vacío. Marco Antonio me aseguró que desde que empezó a leer ese libro una presencia se había instalado en su recámara. Le dije que a mí me había sucedido lo mismo.

Umberto, el padre de Marco Antonio, llegó por él a las seis de la tarde. Saludó a mi madre unos minutos mientras Marco Antonio y yo nos despedíamos.

—Debemos de juntarnos a leer más libros de tu abuela —sentenció.

—Sí —le respondí—, me encantaría.

—Igual les digo a Lourdes y Rómulo.

—Claro, sólo que tengo que pedirles permiso a mi mamá y a mi abuela —convine, sabiendo de antemano que tendría que ser a escondidas de mi madre.

Nos despedimos con un beso en la mejilla. Marco Antonio y su padre partieron calle abajo. Mi madre y yo entramos en la casa. La cena estaría lista en una hora, y aproveché el momento para pedirle el permiso con ciertos arreglos que no le hicieran sospechar mis verdaderas intenciones.

—Oye, mamá, Marco Antonio quiere venir con su hermano Rómulo y Lourdes a estudiar.

—Pero, ¿Rómulo no está dos grados debajo de ustedes?

—Ajá, pero así cualquier cosa que no entienda nosotros se la explicamos. Además, si ya de por sí está triste por no poder vernos en la escuela, más triste estaría si se entera de que nos juntamos a estudiar sin él…

—Muy bien, hija… de todos modos no olvides pedirle permiso a tu abuela, ya sabes que es su casa.

—Lo haré —respondí, emocionada.

Mi abuela restauraba en su biblioteca el viejo libro que me había presumido noches atrás. Intenté asomarme, pero mi madre me echó una mirada fulminante. Fingí que no tenía el propósito de entrar.

—Abuela Eduviges, ¿me avisas si te desocupas? Necesito pedirte algo…

—Ya salgo, querida —contestó.

Salió con los anteojos y los guantes puestos.

—No me he desocupado pero te escucho…

—Unos amigos míos de la escuela vendrán a casa con el pretexto de estudiar —le dije, y agregué bajando la voz—: Pero en realidad queremos leer más libros tuyos, y quisiera que me recomendaras uno, alguno que de verdad nos dé mucho miedo, y que me ayudaras a pensar dónde podríamos leerlo para que mi mamá no se dé cuenta.

Mi abuela me miró con un orgullo desconcertante. Le devolví la mirada sin decir nada más porque me pareció que había esperado toda su vida para escuchar esas palabras.

—Voy a escoger muy bien ese libro, y ya sé dónde podrán juntarse a leerlo… Pueden encerrarse en una de las salas de lectura que tengo arriba; yo me encargaré de que tu madre no los sorprenda.

La abracé con fuerza. Si a Rómulo y a Lourdes les daban permiso sus padres, yo habría formado mi primer círculo de lectura.

26

El Hombre Retazo surgió en la vida de mi madre a partir de aquellas lecturas grupales en la biblioteca. Se le apareció por primera vez en el pasillo justo cuando iba al baño. Estaba parado al fondo, con las piernas abiertas y un brazo encima del otro, en la posición de tomar descanso de honores a la bandera. A la distancia que mi madre se encontraba pensó que se trataba de un mozo de la casa. Caminó ignorando su presencia pero conforme se acercaba notó que no era un hombre cualquiera; distinguió cosidos en su piel de diferentes tonos y texturas. Al darse cuenta de que lo que estaba parado al fondo del pasillo, afuera del baño, no era humano, mi madre comenzó a gritar. Mi abuela, quien dormía plácidamente, salió a auxiliarla pero ya no había nadie.

La presencia del Hombre Retazo se hizo común en la casa. A diferentes horas de la madrugada, o cuando ya había caído la

tarde, los gritos de mi madre retumbaban los vidrios. Mi abuela
o Alfonsina corrían hacia ella para tranquilizarla con palabras
dulces y algo de azúcar para el susto.

La amistad de mi madre con Almudena no fue suficiente
para que ella quisiera quedarse en Ciudad Albazán. Un día habló
seriamente con mi abuela. Le pidió que la devolviera al convento.
Mi abuela Eduviges se enojó como no lo había hecho en mucho
tiempo: la regañó por pensar en volver a un convento, no existía
mayor afrenta para una Berenguer.

A pesar de que mi madre apenas entraba en la pubertad, ya
mostraba señales del carácter fuerte y voluntarioso que se acen-
draría con la edad. Dejó de hablarle a mi abuela; si quería o necesitaba algo se lo mandaba decir con Alfonsina. Pasaba la mayor
parte del día encerrada en su habitación. Compró un santo que
colocó en uno de los buroes de la cama y empezó a rezar antes de
cada alimento. Mi abuela trinaba con su comportamiento pero,
deseosa de no repetir los juicios o persecuciones que las Berenguer habían sufrido a causa de sus creencias, le permitió a mi
madre expresar su espiritualidad como quisiera.

Mi abuela la aleccionaba con frases: "si yo respeto tus creencias, ¿por qué tú no respetas las mías?", o, "no te tiene que agradar lo que yo creo, ni a mí me tiene que agradar lo que tú crees,
y con todo podemos dialogar con cordialidad". Pero cualquier
esfuerzo que hacía se topaba con una pared construida a base de
discursos fanáticos y odio hacia quien no pensara igual.

Los años subsecuentes continuaron en una batalla sin tregua.
En una ocasión mi madre se aventuró a deshojar y romper en
pedazos un libro de mi abuela porque en su portada había un dibujo del diablo, que en realidad era un fauno. Eso fue el colmo:

mi abuela le recordó su ultraje sufrido por los Cué, la golpiza, la humillación, las cicatrices en su cuerpo por el intento de inmolación en la hoguera. Habló con ella con una dureza que no había usado jamás:

—Mira, Augusta, si quieres quedarte del lado de los asnos que rebuznan frente a lo que no entienden, allá tú. ¡Pero si vuelves a maltratar uno solo de mis libros te prometo que te pondré el peor castigo que puedas imaginarte!

—No me importan tus castigos… y sí, prefiero estar del lado de los que rebuznan y de los que no entienden tus libros antes que condenarme al infierno.

—Pero, ¡mira que dices idioteces! ¡Cómo te han llenado la cabeza de aserrín y polvo! Piensa, niña, piensa por ti misma y verás cómo te han manipulado con promesas de eternidades ñoñas y te han amenazado con maldiciones de infiernos incandescentes, todo por controlar tu vida, tu cuerpo y tus decisiones. ¡Malditos pingüinos, prefieren torturar y matar a una inocente antes de aceptar que estaban equivocados!

—Voy a ser monja.

—¡Primero te mato!

Mi abuela salió a la calle compungida e indignada. Pensaba que su hija había llegado a sus manos demasiado tarde, que su pequeña mente ya guardaba cicatrices de culpas y pecados. Que su visión ya estaba distorsionada por prejuicios morales y odio.

Cuando mi madre cumplió quince años volvió a hablar seriamente con mi abuela. Le reiteró su deseo de convertirse en monja. Mi abuela, cansada ya de peleas y confrontaciones diarias en su propia casa, accedió a escuchar sus razones. Tratando de respetar a su·hija, llegó a un acuerdo:

—No sé por qué quieres ser monja. Pero si, como tú dices, eso es lo único que te hace feliz, no tengo derecho a truncar tus deseos. Quiero decirte que dejaré que vuelvas al convento y que pagaré lo que sea necesario por tu estancia allí, con una sola condición: saldrás de aquí únicamente de la mano de sor Engracia y después de que yo haya hablado con ella.

Sor Engracia llegó a casa de mi abuela dos semanas después. Para ese año ya era madre superiora del convento. Se encerró por horas en la biblioteca con mi abuela. Mamá las espiaba por entre los barrotes de las escaleras. Lo que vio a través del vidrio biselado no lo hubiera esperado jamás: mi abuela y sor Engracia hablaban amenamente, sonreían como si fueran amigas, en varias ocasiones soltaron unas carcajadas. Sor Engracia parecía complacida con la cantidad de libros que mi abuela poseía. Los miraba con la misma pasión que mi abuela lo hacía, e incluso tomó uno que mi madre la vio guardar en su bolso. Salieron de la biblioteca con una copa de vino tinto en la mano. Se sentaron en la sala y mandaron llamar a mamá, quien fingió no haberlas espiado. Hablaron con ella.

—Mañana mismo partirás al convento con Engracia —dijo mi abuela.

—Así es, Augusta —continuó la monja—. Tu madre accede a que vivas con nosotras en el convento con la condición de que termines tus estudios y de que juntas, tú y yo, con toda honestidad, averigüemos si en realidad tienes vocación religiosa.

—Sí la tengo —interrumpió mi madre.

—Eso no te toca decidirlo a ti. La vocación es algo que se tiene o no se tiene; no es una decisión, y yo no quiero en mi convento a nadie que no tenga una vocación verdadera.

Sor Engracia durmió esa noche en casa. Pasó la mayor parte del tiempo en compañía de mi abuela. Discutían sobre sus creencias para después reírse como si no hubiera sucedido nada, como dos amigas.

De este modo mi abuela perdió nuevamente a su hija. No quiso interferir en lo que ella quería hacer con su vida ni tomar el lugar del que se arroga toda verdad sobre el mundo. Desconfiaba de las costumbres y del lavado de cerebro que en los conventos les hacían a las niñas, pero sor Engracia le inspiraba cierta confianza. Y, por azares del destino, sor Engracia estuvo poco tiempo más en el convento, pero el suficiente para convencer a mi madre de que no tenía vocación de religiosa; no como para sobrellevar que las religiosas más viejas continuaran envenenándole el pensamiento contra su propia madre.

Mi madre y mi abuela continuaron una comunicación esporádica vía epistolar en la que se preguntaban una a la otra cómo estaban. Mamá siempre prometió visitarla pero jamás lo hizo; cada vez que mi abuela ofrecía ir a la capital para verla o conocerme, mi madre halló un pretexto para eximirse de la visita. Así pasaron quince años más, hasta que falleció mi padre.

27

La noche que terminé de leer el libro me invadió una sensación de vacío. Concluían las aventuras provenientes de esa presencia invisible y acechante. Leía despacio porque no quería acabar el libro, sentada en el ventanal de mi recámara donde las páginas recibían la luz de las farolas.

Después del susto que me dio el monstruo agazapado bajo mi cama no volví a dormir con la luz apagada, ni destapada. Metí debajo de la cama mis maletas, algunas pertenencias que Alfonsina había colocado tan diligentemente dentro del armario y otros objetos de la habitación. Si algo habitaba bajo mi cama tendría que buscar otro sitio donde vivir.

La historia del hombre que saluda a la goleta tenía un desenlace atroz. El tipo, inmerso en un estado de locura, ya no sabe si lo que ocurre es producto de su demencia o del espantajo invisible que lo persigue.

*Recuerdo ahora las palabras del monje del monte Saint-Michel:
"¿Acaso vemos la cienmilésima parte de lo que existe? Observe,
por ejemplo, el viento que es la fuerza más poderosa de la naturaleza, el viento que derriba hombres y edificios, que arranca de cua-
jo los árboles, y levanta montañas de agua en el mar, que destruye
los acantilados y arroja contra ellos a las grandes naves; el viento,
que silba, gime y ruge. ¿Acaso lo ha visto usted alguna vez? ¿Acaso
puede verlo? ¡Y sin embargo existe!"*

Algo sonó en la estancia, aún no era tarde por lo que deduje que
podía ser mi abuela o Alfonsina. Dejé el libro y bajé las escaleras
descalza. No había nadie, pero alcancé a ver una silueta que se
internó en la cocina.

Ahí estaba, después de tanto tiempo, el mozo flojo e irres-
ponsable que trabajaba de noche por su terrible alergia a la luz.
Le dio gusto verme. A mí también me dio gusto verlo. Tomó del
estante el frasco de galletas, con un gesto me preguntó si quería.
Acepté, por supuesto.

—¿Por qué no te había visto?

—Andaba ocupado en otra casa —me dijo.

—¿Entonces no trabajas nada más para mi abuela?

—No, no doy exclusividad —me respondió entre risas.

—Bueno, hoy no puedo quedarme a conversar mucho tiempo, si no luego no me levanto y mi madre se enoja.

—Yo no te detengo —dijo con una sonrisa que me heló la
sangre.

—Por cierto, nunca te pregunté tu nombre.

—Tengo uno, como todos, aunque no lo uso. Llego cuando
me necesitan y no tienen ni que nombrarme.

—De todos modos quiero saberlo —insistí.

—Puedes decirme Alor.

—¿Es nombre o apellido?

—Los dos.

Me levanté de la mesa para volver a mi cuarto. El ángulo en que la luz le pegaba a Alor le confería un aire tétrico. Por un momento me pareció que sus ojos eran amarillos y que tenía una hilera de dientes más que lo normal. Por primera vez me asustó pero no le dije nada. Regresé corriendo a mi cuarto para terminar el libro.

¿La destrucción prematura? ¡Todo el temor de la humanidad procede de ella! Después del hombre, el Horla. Después de aquel que puede morir todos los días, a cualquier hora, en cualquier minuto, en cualquier accidente, ha llegado aquel que morirá solamente un día determinado, en una hora y en un minuto determinado, al llegar al límite de su vida. No... no... no hay duda, no hay duda... no ha muerto... entonces, tendré que suicidarme...

28

La biblioteca que las Berenguer heredan viene acompañada de una responsabilidad que no siempre es comprendida por todas. Esa responsabilidad está relacionada directamente con el mecanismo del miedo que las doce gárgolas custodian en el ático de casa de mi abuela. El mecanismo fue ideado por Catalina Berenguer de Alcarràs y lo que quedó de su pequeña corte.

Catalina salvó un cofre lleno de oro y joyas antes de que los inquisidores entraran a su castillo. Sabía bien el destino que corrían las mujeres acusadas de brujería en manos del Tribunal del Santo Oficio. También tenía en cuenta que sus bienes serían confiscados. Los acusados por la Inquisición eran despojados de sus propiedades para que la Iglesia financiara los altos costos de sus procesos. Miles de familias quedaban en la miseria mientras la Iglesia se enriquecía.

La ignorancia, la crueldad y la codicia formaron la triada que hundió a Europa en el oscurantismo y la indolencia. Sobre todo la codicia; no importaba si los acusados profesaban creencias paganas, si eran ateos, judíos o moros. Si sobre ellos caían acusaciones calumniosas de hechicería o herejía, la disputa entre monarcas e Iglesia era sobre quién detentaba el poder, ya que éste se quedaba con la fortuna de los inculpados.

Catalina, con el oro y las joyas que alcanzó a rescatar, logró hacerse cargo de sus gastos y de los de sus amigos. Tuvieron que vivir ocultos, en una huida permanente, fugitivos en los pueblos a los que llegaban. En tales condiciones decidieron hallar una forma para regresar a las Sombras lo que les correspondía y devolver algo de paz a la Europa convulsionada.

Los cuatro, Jared, Agustín, Felipe y Catalina, realizaron muchos intentos que resultaron fallidos. Los primeros mecanismos, armados con tornillos, ruecas, resortes y madera, no soportaban la velocidad. Varios modelos quedaron destruidos en graneros y cabañas que abandonaban al saber que los inquisidores habían llegado al pueblo donde se hallaban. Unos ensayos después lograron diseñar un complejo artefacto que restauraría el equilibrio entre el universo tridimensional de los hombres y el tetradimensional de las Sombras.

Catalina propuso asustar a los más inocentes, los niños, ya que a su corta edad aún desconocían los alcances de la crueldad humana. Agustín, el erudito desertor de la compañía jesuita, diseñó las fórmulas que podrían conectar un universo con otro. Jared, el alquimista, supo qué metales debía alear para que el proceso resultara exitoso.

El invento se probó inicialmente en una aldea de Hungría. Felipe, el juglar, se dedicó a narrar historias aterradoras a los niños que se le acercaban en mercados y plazuelas. Más tarde, al caer la noche, los cuatro observaban cómo las entrañas del mecanismo se movían lentamente con el llanto de algún infante atemorizado. Mientras más niños corrían asustados al caer la noche por temor a los monstruos que el juglar les contaba en sus historias, mayor velocidad y ritmo adquiría el mecanismo. La respuesta de las Sombras no tardaba. Al saberse temidas retornaban a los espejos.

Al constatar la eficacia del mecanismo construyeron varios más. Partieron a diferentes territorios con la consigna de entregar un mecanismo a las parientes de Catalina que sabían de su persecución. En una carta ella misma les explicaba su funcionamiento y lo vital que era mantenerlo en marcha. Catalina y Agustín viajaron juntos. Habían iniciado su romance oculto en las épocas de esplendor del castillo. Catalina admiraba a Agustín como a nadie. La primera noche que durmió en el alcázar ella supo que lo quería como esposo y que haría todo lo posible para que jamás se fuera de su lado. Se amaron profundamente. En medio de la huida Catalina quedó embarazada de su única hija: Natalina. La pareja siguió ocultándose sin dejar de cumplir el deber que se impusieron para aminorar el desequilibrio que azotaba las comarcas.

Un día, Agustín no volvió de un pueblo al que había ido a contar historias de terror que había aprendido de Felipe. Catalina, presintiendo que le había ocurrido algo malo, corrió en su búsqueda y lo que halló de él fue su cabeza ensartada en una pica. Contuvo el lamento y el espanto que la imagen le produjo. Pasó a su lado, con Natalina en brazos, simulando que se trataba de un extraño para no despertar sospechas entre los vecinos. Desde esa tarde su alegría característica fue suplantada por un llanto inextinguible y una amargura que alejaba a cualquier otro hombre, por más valioso que éste fuera.

Catalina vagó semanas recibiendo limosnas de algunos buenos samaritanos hasta que halló una aldea en el norte de Italia donde se cambió de nombre. Terminó sus días como una campesina humilde. Al crecer, Natalina recibió de su madre el mecanismo y las instrucciones para mantenerlo en movimiento. Le entregó el oro y las joyas que aún le quedaban. Finalmente le confesó por qué se había hecho pasar por pobre:

—Vivir como mendiga y campesina fue la única forma de ocultarme de los inquisidores. Ahora que estoy a punto de morir es mi voluntad que dejes Europa… Con estos tesoros podrás viajar y buscar otro lugar para vivir como la noble que eres. El mecanismo no es un privilegio sino una obligación, ahora dependerá de ti que este mundo no sea más terrible de lo que ya lo hemos hecho los hombres…

Natalina aceptó su destino con la misma naturalidad que su madre. Allí empezó esta beatifica herencia y la maldición que la acompaña, pues todas las descendientes de Catalina, al igual que ella, habrían de perder de forma violenta al padre de su primogénita. Así suelen truncarse las historias de amor de las mujeres de nuestra familia.

Algunas guardianas del mecanismo se han inclinado a creer que la tristeza de Catalina al perder a Agustín fue tan grande que condenó a los hombres de sus sucesoras, y que de ese hecho se origina la maldición que arrastramos. Otras creen que en realidad esto sucede porque el mecanismo, que a través de los años ha adquirido personalidad propia, no tolera cerca la compañía masculina. De cualquier forma la fatalidad nos obliga a vivir dedicadas a la educación de la siguiente guardiana y al cuidado del delicado mecanismo del miedo.

29

Gelio seguía sin hablar, no porque le hubieran cortado la lengua: el médico aseguraba que su estado de shock era grave. Sus padres se turnaban para darle de comer, bañarlo y vestirlo. Rafa pasaba horas a su lado enumerando en silencio las cosas terribles que les haría a quienes lo habían lastimado, mientras cuadrillas de peones peinaban las zonas aledañas a Ciudad Albazán e interrogaban a lugareños de poblados cercanos. Yo sabía todo lo que sucedía en casa de Gelio porque Rafa le contaba a Marco Antonio y él me lo decía a mí.

—Yo no sé qué haría si le hicieran algo parecido a Rómulo… entiendo a Rafa cuando dice que quiere matarlos a golpes.

—Eso no sirve de nada, lo importante es saber dónde están los otros niños antes de que sea tarde.

—Sí, claro… ah, y en cuanto a nuestro círculo de lectura, Lourdes quiere venir, dice que siempre ha querido entrar a tu casa, y mi papá nos traerá a Rómulo y a mí… ¿Ya te dieron permiso?

—Sí, ¿cuándo estudiamos?

Dije "estudiamos" con tal seriedad que los dos reímos al unísono.

—Mañana en la tarde.

Esa noche fue más larga que las anteriores. La emoción por la visita de Marco Antonio me provocaba una sensación de vacío en el estómago. Los minutos parecían horas y las horas se alargaban como si fueran días. Mi conducta había cambiado, indudablemente, pero las mujeres de la casa no lo habían notado o fingían no darse cuenta. Era muy jovencita para saber qué era estar enamorada, pero lo suficientemente adulta para saber que lo que había nacido entre Marco Antonio y yo era más que una amistad.

Al día siguiente Marco Antonio y Rómulo llegaron de mano de su papá cerca de las cuatro de la tarde; minutos después llegó Lourdes con su madre. Ambos padres hablaron con mi mamá y mi abuela. Era evidente que se conocían de antaño. Dejamos a los padres hablando en el jardín y nosotros subimos a una de las salas de lectura. Mis amigos cruzaron la estancia con la boca abierta, deteniéndose a mirar los objetos que mi abuela coleccionaba. Me interrogaron sobre la escultura africana en medio de la sala, por qué había tantos dragones en los adornos y, sobre todo, cuál era la razón de tantos espejos. Yo inventaba las respuestas tratando de parecer tan ilustrada como mi abuela.

En la sala de lectura acomodamos los libros de texto sobre la mesa de centro y sacamos punta a los lápices. Abrimos los cuadernos para dar la impresión de que estábamos estudiando. Alfonsina entró con una jarra de leche y galletas de chocolate que colocó en una mesa lateral. Cuando salió de la habitación empecé a leer.

La historia nos había mantenido alrededor del fuego casi sin respirar, y salvo el gratuito comentario de que era espantosa, como debe serlo toda narración contada en vísperas de Navidad en un viejo caserón, no recuerdo que se pronunciara una palabra hasta que alguien tuvo la ocurrencia de decir que era el único caso que él conocía en que la visión la hubiera tenido un niño. El caso, debo mencionarlo, consistía en una aparición en una casa tan antigua como la que nos acogía en aquellos momentos, una aparición terrorífica a un niño que dormía en el mismo cuarto que su madre, a quien despertó aterrorizado; pero despertarla no disipó su terror ni lo alivió para recuperar el sueño, sino que, antes de haber conseguido tranquilizarlo, también ella se halló ante la misma visión que había atemorizado al niño.

Lourdes comió galletas compulsivamente sin perder detalle de lo que yo leía. Marco Antonio, que intentó impresionarme desde que nos conocimos, se comportaba como si la lectura no le provocara nada, aunque cuando el mecanismo comenzó a moverse con lentitud, pegó un brinco sobre el asiento. Rómulo era el más aterrado, quizá por su edad se pegaba al cuerpo de su hermano al menor sonidito. El ruido de los relojes del taller no tardó en llenar la habitación donde leíamos. Detuvimos la lectura por unos minutos.

—Si yo veo un espanto, y luego mi mamá también lo ve, no volvería a dormirme yo sola, lo juro —dijo Lourdes, sin parar de comer galletas.

—Tengo miedo —fue lo único que balbuceó Rómulo.

—Pues sí, suena algo fuerte —dijo Marco Antonio haciéndose el valiente.

La lectura transcurrió entre uno que otro brinco, entre comentarios e inventos de todos. Cada quien recordó al hermano del amigo o al primo lejano al que le había pasado algo similar. Tocaron a la puerta. Escondí el libro en la mochila y todos hicimos como que estudiábamos geografía. Mamá entró para preguntarnos si queríamos algo. Los cuatro movimos la cabeza en negativa. Nos miró enternecida por la imagen que dábamos de niños aplicados. Al salir no cerró la puerta.

—Mamá —me atreví a decirle, firmemente—, ¿puedes cerrar la puerta? Es que si no, nos distraemos.

Mi madre aceptó y se disculpó por el descuido. Jaló la puerta detrás de ella aunque no la atrancó bien; una vez que se había alejado por el pasillo, Rómulo se aseguró de que estuviera bien cerrada. Continué leyendo.

> —*Estoy completamente de acuerdo, respecto al fantasma de Griffin, o lo que quiera que fuese, en que el hecho de aparecerse primero a un niño de tierna edad le confiere algo especial. Pero no es el único caso de esta clase, que yo conozco, donde se involucre a un niño. Si un niño da la sensación de otra vuelta de tuerca, ¿qué pensarían ustedes de dos niños?*

Las dos horas destinadas para ponernos al corriente en geografía pasaron volando. Nadie quería irse, pero desde la ventana de la habitación pudimos ver llegar a la madre de Lourdes.

—Debemos ir bajando para no despertar sospechas.

—¿Mañana a la misma hora? —preguntó Lourdes.

—Por supuesto —dijo Marco Antonio.

Escondí el libro en la mochila entre los útiles, éste no pensaba leerlo sola, quería avanzar a la misma velocidad que mis amigos para descubrir juntos lo que sucedía en aquella casa con niños aterrorizados.

Llegada la noche el temor me asaltó. A pesar de que me tranquilizaba saber que podía dormir nuevamente en la habitación de Alfonsina, algo más allá de mi racionamiento me impedía relajarme. Tardé varias horas en dormir, volteando a cada rato hacia el armario, la puerta de entrada y el ventanal que daba a la calle. Dejé la lámpara prendida para sentir un poco de calma. Contra mi pronóstico, concilié el sueño rápidamente.

Tuve una nueva pesadilla. En ella dormía en mi cuarto plácidamente cuando de repente sentía a alguien parado al lado de mi cama. Al abrir los ojos, de golpe, descubría a un niño y una niña en la orilla de mi cama mirándome sin ninguna expresión en sus caras. Convencida de que se trataba de un mal sueño, cerraba los párpados nuevamente pero, al abrirlos otra vez, el par de niños seguía en el mismo lugar, sin expresión alguna.

Desperté, en esta ocasión fuera de la pesadilla, con la pijama empapada, y alcancé a ver las espaldas del niño y la niña saliendo de mi cuarto. El engranaje del ático hizo un ruido infernal. Tardé en conciliar el sueño.

El nuevo día llegó con un esplendor especial. Todas las mujeres de la casa parecían haber amanecido de buen humor. Sobre todo si se tomaba en cuenta que, desde la aparición del cadáver de

Jacinto, a nadie le apetecía esbozar una sonrisa. Me dio gusto verlas contentas y me uní al ambiente de entusiasmo dándoles un beso a todas.

—Ándate a bañar que ahora sí se te pegaron las sábanas —dijo mi madre en su tono disciplinario pero sin dejar de sonreír.

Mi abuela, que estaba parada a unos metros, intervino de inmediato.

—Ay, Augusta, ni siquiera tiene clases, déjala que se levante cuando quiera.

—No, mamá, retomar el ritmo le va a costar mucho trabajo. Además no está de vacaciones, tenemos tarea que hacer, y hoy hace un día hermoso.

Corrí a la regadera. Dejé la puerta abierta. Escuché clarísimo cuando mi madre le dijo a mi abuela que Federico, el sastre, le contó que Gelio había empezado a reaccionar un poco. Que esta mañana se había levantado temprano, había bañado y alimentado por su propia mano, que todavía no emitía palabra pero sí había podido jugar Turista con Rafa. Me puse feliz de saberlo; a ese paso, Gelio seguramente estaría bien en poco tiempo.

30

El día estuvo lleno de actividades. Mi madre y abuela se metieron a una sala de lectura con papeles y una calculadora que hacía un ruidito muy chistoso cada vez que accionaban la manivela. No cerraron la puerta, yo me senté en el pasillo con Laila y Stevané para fingir que jugaba, cuando en realidad lo que quería era averiguar qué se traían entre manos. Pude escuchar que mi abuela le leía a mi madre el testamento con la herencia que nos correspondía. Al principio mi madre pareció asombrada, si bien la casa se veía en ruinas por falta de mantenimiento, mi abuela todavía era muy rica. El testamento estipulaba que nos heredaba la casa, sus joyas y obras de arte, con la condición inamovible de que la biblioteca no podía desmantelarse, ni venderse uno solo de sus libros. Cuando mi abuela leyó esa parte puse mucha atención pues me había prometido que los libros serían míos y yo no estaba dispuesta a renunciar a ellos. Entonces mi madre frunció el entrecejo en desaprobación y mi abuela le dijo: "deja que María José decida qué hacer cuando cumpla la mayoría de edad". Mi madre asintió a regañadientes y le respondió que solamente aceptaba la condición porque sabía que yo rechazaría la biblioteca. Sentí culpa por lo equivocada que estaba; no imaginaba lo mucho que había cambiado en esas semanas. Y al mismo tiempo supe que la vida se trataba de eso, de seguir mi propio camino, aunque mi madre no estuviera de acuerdo.

Marco Antonio, Lourdes y Rómulo llegaron puntuales; de inmediato sacamos papeles y fingimos que copiábamos unos laboriosos mapas de geografía por si a alguien se le ocurría entrar a la sala de lectura sin avisar. Antes de retomar la lectura del libro que mi abuela me había dado con la advertencia de que se trataba "de lo más exquisito en cuanto a historias de fantasmas" les conté mi pesadilla; los tres me interrumpían con señas y pellizcos para referir las suyas. Todos habíamos soñado algo similar, niños fantasmales que entraban o salían de nuestras recámaras con miradas mortecinas y labios sellados de una blancura solamente vista en cadáveres de la funeraria. El más impresionado era Rómulo. Marco Antonio le dijo que no se quejara, después de todo se había pasado a dormir a su cama a mitad de la noche.

—Ya no quiero seguir leyendo eso.

—Cállate, Rómulo —intervino Lourdes—. ¿Cuándo nos habían dejado leer algo parecido? Anda, no seas chillón.

—Es que sí me da mucho miedo.

—Si no da miedo no tendría chiste —le aleccioné como si empezara a entender el designio de las Berenguer, aunque a un nivel todavía inconsciente.

En un silencio que se hizo poco después, les compartí las buenas noticias de Gelio. Marco Antonio ya se había enterado por Rafa y nos dio los detalles. Su amigo no cabía de felicidad, si bien Gelio no había dicho una sola palabra, pudo verlo sonreír un par de veces en que le ganó varios hoteles y países. Lourdes cortó las noticias, impaciente por continuar.

—Ya, a lo que venimos —dijo.

Yo, sin darme cuenta, adquirí un protagonismo en la lectura. No leí sentada; caminé por toda la habitación procurando darle la inflexión adecuada a mis palabras.

Mi corazón se había detenido un instante ante el asombro y el terror de preguntarme si ella también lo veía; contuve la respiración mientras aguardaba a que me lo dijera con un grito o con cualquier otra repentina señal inocente de interés o de alarma. Esperé, pero no ocurrió nada; entonces, en un primer momento —y tengo la sensación de que esto es más espantoso que cuanto he relatado— llegué al convencimiento de que, en los últimos instantes, habían cesado todos sus anteriores ruidos; y en segundo lugar me pareció que, también desde unos instantes antes, se había vuelto hacia el agua sin interrumpir el juego. Tal era su actitud cuando finalmente la miré, con la firme convicción de que ambas seguíamos estando sometidas a la observación directa de una tercera persona.

Mi madre por poco nos pesca *in fraganti*. Abrió la puerta sin tocar, todavía creo que lo hizo adrede porque no estaba convencida de que cuatro niños estudiosos estuvieran dibujando mapas en una sala de lectura. Por fortuna tuve tiempo de aventar el libro bajo el sillón en el que estábamos.

—¿Quieren más leche o galletas? —preguntó mientras peinaba la habitación con la mirada—. ¿Cómo va todo? Ah, mapas, están estudiando geografía…

Marco Antonio se me adelantó:

—Sí, señora, en eso estamos. Ya les conté a todos sobre la salud de Gelio.

—Es cierto, eso nos pone muy contentos, ¿no?

—Sí, señora —dijo Lourdes.

Mi madre salió de la sala de lectura dejando la puerta abierta una vez más. Yo no dije nada para no avivar sospechas. Minutos más tarde desde la ventana la vimos salir de casa. Rómulo, quien supuestamente ya no quería seguir leyendo, corrió a cerrar la puerta y regresó con la misma prisa a su lugar. Carraspeé, buscando una voz profunda y atemorizante, y continué con el libro.

Ahora no sabría decir qué me decidió ni qué me guió, pero avancé por el pasillo, sosteniendo la vela en alto, hasta divisar la alta ventana que presidía el gran arco de la escalera. Entonces, de pronto me di cuenta de tres cosas. Prácticamente fueron simultáneas, pero ocurrieron sucesivamente. Un audaz soplo de aire me había apagado la vela y, por la ventana abierta, descubrí que la creciente luz del amanecer la hacía innecesaria. Sin su ayuda, al momento siguiente vi que había alguien en la escalera. Hablo de sucesión, pero no fue menester que pasaran segundos para aprestarme a mi tercer encuentro con Quint. La aparición se erguía en mitad de la escalera y, por tanto, lo más cerca posible de la ventana, donde, al verme, se detuvo en seco y se quedó mirándome exactamente igual que había hecho en la torre y en el jardín.

De súbito el mecanismo dio un jalón en el ático. Entró en un ritmo constante cuya resonancia invadió nuestra sala de lectura.

—¿Qué es ese ruido?

—No sé —respondí con total sinceridad—. Aquí al lado hay un taller de relojes viejos y, dentro de él, una puerta estrecha que siempre está cerrada con llave; el ruido viene de ahí... creo que es otro reloj, sólo que muy grande.

—¿Y si nos asomamos? —preguntó Lourdes.

—Si mi mamá se entera se va a enojar muchísimo.

—Pero tu mamá no está —insistió.

Nos miramos. No hubo que decir ninguna palabra para darnos cuenta de la complicidad que se había formado. Salimos sin hacer ruido y entramos al cuarto contiguo. La puerta estrecha estaba abierta.

—Subamos, por favor, subamos —dijo Lourdes.

Marco Antonio iba delante en actitud de líder del grupo. Yo iba detrás de él, aferrada a su cintura. A mis espaldas venía Rómulo con un ojo abierto y otro cerrado. Al final Lourdes cuidaba la retaguardia.

Los escalones de madera parecían sucederse bajo nuestros pies de manera interminable. Cuando llegamos al umbral, el ático se abrió en un espacio cuyo tamaño era equiparable al de toda la casa. Había cajas de juguetes viejos, ropa antigua y objetos de países lejanos dispersos por todos lados, iluminados por rayos de luz que se filtraban de tragaluces cercanos al techo. En el lado opuesto, pegado a la pared, el inmenso aparato que desprendía ruidos funestos cada vez que sentíamos miedo se alzaba imponentemente.

El mecanismo, construido de una forma triangular parecida a una pirámide, medía dos metros de alto. En la punta lucía tres hipercubos tallados en madera, pintados en colores primarios: rojo, amarillo y azul. Los hipercubos no eran perfectos, de cada uno salía una especie de hoz orientada hacia puntos distintos. En el lado izquierdo del artefacto unas poleas balanceadas con bolsas de tierra subían y bajaban al compás del tictac de los relojes del taller. En el lado derecho había un cristal que protegía las entrañas del mecanismo; a través de éstos podían verse engranajes que se movían en un ritmo continuo, una serie de ruedas dentadas embonaban unas con otras y giraban siguiendo la melodía mecánica de los relojes. En la cara posterior había una rueca enorme que daba vueltas con lentitud, a una velocidad diferente del resto del aparato.

Rómulo, que moría por ver las gárgolas de cerca, se asomó a la calle por un tragaluz. Su susto fue mayúsculo al ver que mi madre entraba al jardín.

—Ya llegó tu mamá, María José.

Bajamos a tropezones por la escalera. Corrimos a la sala de lectura y en ese momento fugaz, en el pasillo entre dos habitaciones contiguas, mi abuela me vio, nuestras miradas se cruzaron sin darnos tiempo para percibir asombro, enojo o reproche en ellas. Cuando mi madre entró a la estancia nosotros ya estábamos sentados con cuadernos abiertos y un libro de geografía en medio, excitados pero aparentando estudiar. Mi madre gritó "ya llegué", los cuatro respondimos intentando sonar naturales "qué bueno, mamá", "buenas tardes, señora Augusta" y "bienvenida". Sin duda nuestras voces delataban culpa, pero ella no sospechó nada.

Mis amigos comenzaron a retirarse. Nadie ponía un pie fuera de la casa si no era de la mano de uno de sus padres y antes de oscurecer. Al quedarme sola busqué la mirada de mi abuela sin éxito, estaba concentrada en su maravilloso *Doctor Faustus* que se caía a pedazos. Más tarde, antes de encerrarme en mi cuarto, toqué en el vidrio biselado de la biblioteca. Alzó la mirada y salió a encontrarme, jamás entraba a la biblioteca si era lo suficientemente temprano como para que mi madre pudiera sorprendernos.

—Abue, quiero confesarte que entré al ático junto con mis amigos durante la sesión del círculo de lectura.

Por supuesto, ella ya lo sabía. No se molestó, simplemente me dijo que si yo le hubiera dicho que quería conocerlo, ella misma me hubiera llevado. Sentí vergüenza por mi atrevimiento y le prometí no volver a hacerlo. Ella me revolvió el cabello y dijo:

—Claro que volverás a hacerlo. Y me dará gusto que lo hagas.

Las noches eran menos divertidas sin Alor, el mozo alérgico a la luz. Desde aquella vez que terminé de leer el primer libro que mi abuela me regaló, no me lo había vuelto a topar. Ardía en deseos de interrogar a mi abuela o a Alfonsina sobre él pero, como me gusta ser leal a los tratos que hago con amigos, no lo había hecho. Sabía que si lo delataba seguramente jamás lo volverían a contratar. La última vez que lo vi me había asustado y, con todo, sabía que iba a extrañarlo.

Debía transcurrir un día completo para volver a ver a Marco Antonio. Desde temprano ya empezaba a fantasear con su llegada por la tarde. Esa mañana, por casualidad, pudimos vernos antes porque ambos habíamos acompañado a nuestras madres al mercado. Aprovechamos que ellas compraban fruta en el mismo puesto para platicar un momentito. Me confesó sus sospechas.

—Hoy vi a Rafa, me dijo que Gelio amaneció mejor, que dijo un par de frases: "tengo hambre" y "quiero pan francés".

—Qué bueno, pronto podrá decirnos dónde estuvo.

—Ése es el problema, que nada más le preguntan dónde estuvo y quién le hizo esas heridas, y se queda mudo.

—Debe sentir pavor nada más de acordarse...

—Ah, por cierto, le conté a Rafa de nuestras lecturas... Me dijo que le parecía raro que desde que empezamos a leer Gelio ha mejorado. Los días coinciden perfectamente con el inicio de su restablecimiento. Rafa quiere venir hoy por la tarde a leer con nosotros.

—Pero Rafa no me quiere a mí ni a mi abuelita... ¿Y si es una mentira para hacernos daño?

—No, yo lo conozco, no es eso. Me pareció que Rafa cree en serio que la mejoría de Gelio algo tiene que ver con lo que leemos...

—Pues será bienvenido, entonces —concluí.

Días atrás había notado que el mecanismo del ático se movía más rápido en las noches cuando más miedo había sentido, pero no pensé que pudiera existir una relación entre la lectura de los libros de la biblioteca de mi abuela y la mejoría de Gelio. Era momento de interrogarla.

31

Esperé a la noche, ya que todos estuvieran durmiendo, para cuestionar a mi abuela. Allí estaba en la biblioteca, apoyada sobre la mesa de restauración. Sonrió al verme.

—Levantada a estas horas de la noche... toda una Berenguer —dijo con tono meloso.

—¿Qué es la máquina que está en el ático, abuela? —la cuestioné sin rodeos.

—Mira, María José, es un mecanismo que pertenece a nuestra familia, que ha pasado de generación en generación...

—¿Y para qué sirve?

—Mmm, es algo difícil de explicar.... digamos que ordena las cosas y las pone en su lugar.

—Me he dado cuenta que cuando siento miedo camina rápido, porque lo oigo ponerse a trabajar... En cambio nunca lo he oído cuando estoy tranquila, desayunando o platicando contigo...

—El mecanismo se echa a andar con las vibraciones que producen los niños asustados con cuentos y leyendas de ficción.

—Y por eso los niños de Ciudad Albazán desaparecen, ¿verdad?

—Todo lo contrario, María José. Esos niños han desaparecido porque descubrieron el horror que la mano del hombre produce.

—¿Entonces no es por lo mismo? ¿Cómo podemos ayudar a Gelio y a los otros niños desaparecidos?

—Leyendo —respondió.

Salí de la biblioteca sin comprender claramente cómo funcionaba el mecanismo, pero de alguna forma estaba segura, escuchando a mi abuela decir sus cosas sin rodeos, con su manera tan característica de contarme sus secretos, de que yo y mis amigos estábamos haciendo lo correcto. Al abrazar a mi abuela para despedirme y regresar a mi cuarto me pareció ver una sombra en la estancia. Recordé al mozo y hablé a pesar de estarlo traicionando.

—Por cierto, ese empleado tuyo, Alor, el que trabaja de noche, no me cae mal pero hace varias noches que no lo veo, ¿va a volver?

Mi abuela sonrío como si supiera a quién me refería. Sin levantar la vista del libro que restauraba me dijo:

—Aquí no trabaja ningún mozo desde hace cinco años.

Al oír esto mis piernas flaquearon, creí que en cualquier momento me iba a desmayar. Me recargué en la pared para no caerme. Por primera vez sentí verdadero terror. Mi abuela debe haberlo notado porque salió de la biblioteca y me vio pálida, imposibilitada para caminar, a punto de desvanecerme.

—¿Qué te pasa?

—Abuela… ¿me acompañas a mi cuarto? —logré articular.

—Claro, María José.

En ese instante creí hallar una pequeña diferencia entre miedo, horror y terror. El miedo anida lentamente y crece conforme lo procura el pensamiento. El horror te carcome las entrañas ante algo que te genera repulsión. Pero el terror es el salto momentáneo, el espanto frente a la visión, el balde de agua fría ante el reino de lo monstruoso.

Mi abuela me acompañó hasta mi habitación. No le solté la mano durante todo nuestro recorrido tambaleante. Me metió en la cama y me arropó.

—¿Qué viste que te impresionó tanto, mi niña?

—Nada, abuela —mentí.

—Ésta es una casa peculiar, María José. En ella la imaginación florece como no lo hace en otros lados. No creas todo lo que ves y no ignores todo lo que no ves.

—¿Te puedes quedar hasta que me quede dormida, abuela?

—Sí —me respondió tiernamente. Se recostó a mi lado en la cama, pasó su brazo por debajo de mi cuello, dormí en paz en su compañía.

32

Mis amigos volvieron a ser puntuales la siguiente tarde. Rafa, quien siempre me había lanzado miradas de odio, se portó amable, y yo accedí a darle otra oportunidad, sobre todo porque intuía que entre todos podríamos ayudar a Gelio. Los cinco subimos como un coro obediente de monaguillos. Mamá nos vio y comentó desde la estancia:

—Un amiguito más, qué gusto.

—Es Rafa, el hermano de Gelio, mamá.

—¿Cómo está tu hermano?

—Cada día mejor, señora Augusta.

—Qué gusto saberlo. Estudien mucho.

—Sí, señora —contestamos todos.

En la sala de lectura nos acomodamos como veníamos haciéndolo. Asignamos un nuevo lugar para Rafa. Nos tardamos un poquito en ponerlo en antecedentes; cuando hubo entendido la trama, empecé a leer.

En seguida me dormí, hasta la una, como luego supe; pero cuando despierté fue para sentarme derecha, tan despabilada como si una mano me hubiese abofeteado. Había dejado una luz encendida, pero estaba apagada, y al instante tuve la certidumbre de que había sido Flora quien la había apagado. Eso me hizo ponerme en pie y dirigirme a su cama, en medio de la oscuridad, que encontré vacía. Una mirada a la ventana me iluminó algo más y la cerilla que encendí completó el cuadro.

Al terminar el párrafo Rafa se levantó de su sitio y se agarró de una lámpara de pie para no caerse. Tenía el rostro descompuesto: las comisuras de los labios arqueaban su boca hacia abajo en un mohín extraño, las pupilas negras de sus ojos habían crecido cubriendo el resto del iris, su pecho subía y bajaba en un ritmo rápido y, por más que intentaba gritar, le era imposible articular palabra.

Rómulo siguió la dirección de la mirada de Rafa. Él si pudo gritar. Los demás volteamos hacia donde ellos miraban. Vimos a los dos niños que habían estado en mi habitación la otra noche, sólo que ahora estaban levitando fuera de la ventana. Todos lanzamos un alarido, excepto Rafa, que continuaba boquiabierto. El griterío se escuchó hasta abajo. Mamá subió a la carrera, temerosa de que alguien nos hubiera hecho algo. Al entrar a la sala de lectura nos encontró aterrorizados, abrazados unos a otros. Ella no vio nada.

—¿Qué pasó? ¿Qué tienen?

—¡Allí, afuera de la ventana, dos fantasmas, dos fantasmas! —dijo Rómulo con la voz entrecortada.

Mamá se asomó.

—No hay nada, vean ustedes mismos.

Los cinco abrimos los ojos. Sólo vimos las ramas de un sauce meciéndose con el viento frío. Mi madre vio hacia la mesa donde estaban nuestros cuadernos. Descubrió sobre éstos el libro de mi abuela, lo cogió para saber de qué era, aunque ya lo sabía en ese mismo instante.

—Ahora hablo contigo —me dijo con una entonación que indicaba que me había ganado un regaño. Luego salió de la sala de lectura y gritó "mamá" con el coraje contenido durante años.

Mi abuela y mi madre pasaron varias horas encerradas en la recámara del fondo. Se oían reclamos en tono subido. Los padres de mis amigos llegaron por ellos. Yo me quedé en mi cuarto en espera del castigo, mirando fijamente a Laila, Stevané, Ricarda, Solveig y Anaranda, quienes me devolvían la mirada con sus fríos ojos de vidrio como si tuvieran vida. Habían empezado a producirme escalofríos, así que las cubrí a las cinco con una sábana. Escuché que la puerta donde estaban mi madre y mi abuela se abría. Había llegado mi hora. Mi madre se detuvo en la entrada de mi habitación.

—María José, lo único que te prohibí hacer en esta casa es justo lo que has hecho. Por tu culpa he tenido un fuerte disgusto con mi madre cuando ya parecía que nos estábamos llevando bien. Me desobedeciste. Me miraste a los ojos y todo el tiempo sabías que me estabas engañando. Abusaste de mi confianza y permitiste que tus amigos abusaran también.

—Déjame explicarte, mamita.

—Cállate. No quiero escuchar una palabra más. Te encierras a partir de ahora en este cuarto y no podrás salir hasta que yo te lo ordene. Desde hoy estás castigada, tus amigos ya no pueden venir. Te dedicarás a estudiar mañana y tarde hasta que las clases se reanuden.

Dicho esto se retiró a su habitación con el coraje todavía retumbando en su cabeza. Mi abuela salió del cuarto rumbo a la biblioteca, se asomó para lanzarme un beso de lejos. Le pedí perdón por lo que había pasado y ella, con su voz serena, contestó:

—No ha pasado nada, aún.

33

Mi abuela solía decir que las palabras son las mejores alia-das de las Berenguer. Confiaba en su poder oculto para que cada lector creara para sí un sentido propio. Las creía el muestrario de la hospitalidad y la mezquindad de las que el ser humano es capaz. Me instruía con el ceño fruncido y los ojos agigantados por sus anteojos: "las palabras pueden ser filosas armas en bocas sucias que escupen calumnias y paños de re-manso para el desdichado, pueden ser un golpe en el rostro de quien odiamos y una caricia para el ser amado, pueden utilizar-se para sojuzgar a los hombres, aunque a veces motivan lucidez en los amantes del entendimiento, aun sin entenderse". Por so-bre todo, para mi abuela las palabras eran materiales en bruto que un escritor moldea, ordena y compone para crear un cuer-po entero de sentido. Signos limpios, bellos y vacíos en los que un escritor vierte sus verdaderos pensamientos incluso antes de ser pensados; un soplo virulento que infecta a todo aquel que las lee.

Sí, como mi abuela me enseñó, las palabras eran aliadas de las Berenguer. Estamos atadas a ellas sin importar el uso o manejo que se les dé. La palabra es eso: el signo inocuo, el envase vacío en espera de ser tocado con vida y significado. Nosotros sólo les damos el aliento al leerlas, y entonces por fin respiran.

Quien relacionó la importancia de ciertos libros con el movimiento del mecanismo del miedo fue la duquesa Isabela de Osuna y Berenguer, una de las primeras descendientes de Catalina, allá por el siglo XVIII. Fue ella quien inició la biblioteca al notar que resultaba más fácil tener a la mano historias narradas con maestría que andar inventando cuentos al vapor que los niños cada vez creían menos. Adquirió ese libro viejo al que mi abuela le tenía tanto aprecio, *La trágica historia del doctor Fausto* de Christopher Marlowe; después de leerlo no volvió a ser la misma. Le impresionó tanto que decidió reunir una biblioteca que sirviera al cometido de las Berenguer. Después de Isabela, otras guardianas siguieron su ejemplo, incluso algunas, como Zdenka Banovic Berenguer, pidieron a literatos de su época que escribieran historias ex profeso para echar a andar el mecanismo.

Zdenka vivió en los albores del siglo XIX. Había heredado una fortuna de su esposo, un conde elegante y acaudalado que desapareció de forma extraña. Un día se levantó para salir de caza. Advirtió: "si no regreso en un lapso de tres días no me permitas pisar de nuevo nuestro palacete, especialmente si es de noche". Las palabras del conde Banovic fueron las de un profeta. No volvió en tres días. Zdenka envió entonces una tropa de hombres a buscarlo pero jamás lo encontraron; volvían cada tarde, antes de que cayera el sol, con las manos vacías. El cuerpo del conde nunca apareció, por lo que intuyeron que había sido devorado por algún animal salvaje.

Zdenka mantenía aletargadas a las Sombras narrándoles historias de vampiros a los hijos de los mozos y doncellas de su corte. Los chiquillos acudían emocionados a la terraza del hermoso palacete para que la condesa les relatara leyendas comunes de los vampiros que azotaban los poblados de Serbia y Transilvania. Tales criaturas eran las que más miedo infundían por aquellas tierras.

Un sábado de lectura un joven llegó a pedir posada; el crepúsculo estaba por caer. Nadie pasaba la noche en un bosque transilvano en esas épocas, así que Zdenka le permitió quedarse. Durante la cena supo que se trataba de un noble distinguido que además era escritor y que, después de haber leído las disertaciones sobre fantasmas de Agustín Calmet, había decidido buscar por sí mismo las señales que el religioso dictaba para hallar a los vampiros.

El noble, llamado Alekséi, era un hombre de conversación ilustrada que presumía haberse sentado de niño en las piernas del gran Goethe. Zdenka lo convenció de ayudarle a aumentar su biblioteca poniendo énfasis en historias de no-muertos, fantasmas, castillos malditos y monjes poseídos. Entre Zdenka y Alekséi surgió un lazo inviolable de confianza. Ella le mostró el mecanismo y le confesó para qué servía: "es un complejo aparato capaz de echarse a andar con el miedo natural que los niños profesan a estas historias, capaz de avisarnos cuando alguna de las Sombras se sienta hambrienta y celosa porque los niños le temen más al hombre que a ellos".

Alekséi se sorprendió al atestiguar cómo el engranaje del mecanismo se impulsaba con cada escalofrío de los hijos de los mozos, con los espasmos en sus vientres cuando juraban que alguien se escondía en algún rincón de sus cuartos, con el temblor de sus piernas ante el más leve ruido en la oscuridad.

—Entre más rápido se mueve el mecanismo, mayor equilibrio se logra —precisó Zdenka.

Alekséi se ofreció a contribuir a su biblioteca con un cuento propio sobre una peculiar familia de vampiros. Llamó a la bella personaje como su amante en turno, Zdenka.

Zdenka y Alekséi construyeron más mecanismos; unos pequeños y discretos, otros ostentosos y descomunales. Poco a poco invitaron a importantes escritores de la época a que conocieran los aparatos y contemplaran por sí mismos su funcionamiento. Éstos, impresionados por las habilidades alquímicas del aparato, prometieron a Zdenka, a pesar de no escribir literatura de terror o fantástica, que escribirían textos para que el mecanismo jamás se detuviera. De esta forma creció la complicidad entre las Berenguer y los literatos, que con frecuencia enviaban a la guardiana en turno las primeras ediciones de sus libros con una carta amorosa. Sin darse cuenta fundaron una colaboración secreta que persiste hasta hoy en día.

El número de mecanismos nunca fue suficiente. Las guerras incesantes no permitían fabular sobre la condición humana. El horror estaba ahí en carne viva, alimentado por el odio, inflamado por la ira, ignorado por la piedad. Nadie quería vislumbrar la otra cara de la moneda. Con todo, ningún narrador cejó en el empeño, continuaron escribiéndose cuentos, relatos y novelas que produjeran el miedo necesario para que los niños sintieran temor de aquello que les correspondía por derecho.

Los poblados donde residía una Berenguer usualmente eran tranquilos, colmados de niños que se metían bajo las faldas de sus madres apenas escuchaban el silbido del viento, pero aptos para oponerse a cualquier amenaza que significara otro ser humano.

Alekséi regresó a San Petersburgo, asuntos de carácter oficial demandaban su presencia. Le aseguró a Zdenka que la amaría por siempre mas ella no le creyó; tampoco le importaba mucho pues vivió feliz de que su aristócrata noble partiera a tierras lejanas sin haberla dejado encinta, señal de que viviría muchos años más. Tiempo después Zdenka encontró a otro noble con el que contrajo nupcias, quien falleció de pulmonía poco antes de que su hija cumpliera diez años.

34

Desperté triste y avergonzada, sin poder ver a mi madre a la cara. No salí de mi recámara. Alfonsina entró con una charola, como solía hacerlo Alor, el mozo nocturno. Dejó el servicio sobre la mesita. Yo lo ignoré, nada conseguiría que me diera hambre. Alfonsina le quitó la tapa y olfateó el plato.

—¿Ya viste lo que te preparé? Hasta donde recuerdo es tu favorito...

Me levanté desganada. El comentario, evidentemente hecho para subirme el ánimo, no surtió ningún efecto. Sin embargo, al ver el plato con rebanadas de tocino bien doradas al lado de unos hot cakes con miel, la cara me cambió. Con el detalle de Alfonsina conjeturé que ella, al igual que mi abuela, no estaba de acuerdo con el castigo que me había impuesto mi madre.

—Por la mañana, muy temprano, pasó Marco Antonio... dijo que tenía que decirte algo importante, le comenté que estabas castigada.

—Qué vergüenza —dije, pensando en lo mucho que me gustaba.

—Se ve que vino a escondidas, sin permiso, porque regresó a su casa corriendo, ocultándose para que nadie lo viera.

—Pero no puedo hacer nada, Alfonsina.

—Me dijo algo muy curioso.

—¿Qué? —pregunté intrigada.

—Que Gelio habló. Le dijo a Rafa que no podía decir qué le había pasado porque le horrorizaba que se lo volvieran a hacer.

—¿Quiénes? —seguí interrogando.

—No lo reveló. Cuando su padre quiso sacarle más palabras se soltó a llorar y enmudeció otra vez.

La miré desconcertada. ¿Qué quería insinuarme Alfonsina? No había nada que yo pudiera hacer. No deseaba causarle otro disgusto a mi madre ni que pensara que la desobedecía por falta de cariño o respeto. Al mismo tiempo sabía que esto era más importante, que la vida de los niños desaparecidos pendía de nuestras manos de una manera que aún no comprendía. Di un bocado al desayuno sin responder. Alfonsina se levantó el mandil; debajo de éste, atorado en su grueso cinturón, llevaba un libro delgado que no pude distinguir.

—De acuerdo con tu abuela, éste fue uno de los libros más poderosos que un escritor concibió consciente de las necesidades del mecanismo. El señor James no acostumbraba escribir este tipo de cosas; quién sabe cómo lo habrá convencido tu abuela…

Alfonsina puso el libro que habíamos estado leyendo en el círculo de lectura bajo el colchón de mi cama.

—¿Cómo es que lo tienes tú? —le pregunté.

—Lo tomé de la cómoda de tu madre. Yo luego me las arreglo con ella, siempre ha sido muy terca.

El apuro me consumió. Desayuné rápidamente. Salí a bañarme, cabizbaja, disimulando lo que en realidad pensaba hacer. Mi madre pasó a mi lado sin hablarme, yo no la miré, fingía arrepentimiento y vergüenza. El baño de ese día fue el más veloz de mi vida. Normalmente me gustaba disfrutar el agua caliente resbalando por mi espalda y me quedaba largos ratos bajo el chorro de agua, pero ese día no había tiempo para ello. Me vestí en el mismo cuarto de baño. Entré a mi recámara y fingí ponerme a estudiar matemáticas. Mamá se asomó, me miró con cierto consentimiento que reprimió, según entiendo, por el bien de mi educación.

—Espero que sea suficiente castigo, María José. No me gusta enojarme contigo pero no puedo permitirte que me desobedezcas y me mientas de esa forma.

—Sí, mamá —dije hipócritamente.

Entró para darme un beso.

—Apenas termines de estudiar…

—Ya me falta poco —interrumpí.

—Apenas termines con el de matemáticas, tomas el libro de español y empiezas con los ejercicios de conjugación de verbos. Yo voy a encontrarme con Almudena, nos vemos a la hora de la comida.

—Que te vaya bien, mamita.

Una vez que mi madre salió de la casa, puse el libro de español y la libreta de tareas sobre la mesita de manera que pareciera que había estado trabajando. Por fortuna conservaba en la libreta tareas antiguas de verbos conjugados.

Un pequeño golpe sonó en el ventanal de mi recámara. Ahí estaban Marco Antonio y Rómulo esperando a que bajara. Tomé el libro escrito por el señor James. Salí de casa sin avisar ni pedirle permiso a nadie.

En el camino Marco Antonio me explicó que la lectura se haría en casa de Rafa y Gelio. Todos habían inventado que ese día acordaron estudiar ahí porque en mi casa habría limpieza general. Cuando llegamos, Lourdes, Rafa y Gelio ya nos esperaban.

—¿Dónde vamos a leer?

—En la casa del árbol que mi papá nos construyó. Nadie entra ahí más que nosotros —dijo Rafa.

Los padres de Gelio nos recibieron tan emocionados de ver a su hijo con ganas de jugar que ni chistaron por la visita. Subimos a la casita del árbol cuidadosamente. Yo me senté en medio de todos y le dije a Gelio, a quien veía por primera vez, que el libro que habíamos estado leyendo daba mucho miedo porque se trataba de fantasmas. Él me miró con expresión de incredulidad. Entraba poca luz por las ventanitas maltrechas; me acomodé de forma tal que un rayo de sol que se colaba por un resquicio me iluminara bien las páginas.

En el vestíbulo, atormentada por las dificultades y los obstáculos, me recuerdo profundamente postrada al pie de las escaleras, cayéndome súbitamente en el escalón inferior y luego, con repulsión, acordándome que había sido precisamente allí donde, hacía más de un mes, en la oscuridad de la noche y lleno de maldad, había visto al espectro de la más horrible de las mujeres.

La palabra "espectro" aún vibraba en mi boca cuando una de las ventanas se abrió lentamente provocando un rechinido. Gelio ni se inmutó, en cambio Rómulo se aferró a mi brazo inutilizando mi movimiento.

Ante lo cual, pude enderezarme; ascendí el resto de las escaleras; en mi desasosiego me dirigí a la sala de estudio, donde había objetos personales que debía recoger. Pero al abrir la puerta volví a encontrarme, instantáneamente, sin el velo ante los ojos. En presencia de lo que vieron, vacilé, retrocediendo a pesar de mi resistencia.

En una esquina de la pequeña casa del árbol se hizo presente una mujer vestida a la usanza del siglo XIX. Estaba sentada en cuclillas. Los brazos le colgaban hasta el piso al igual que a un chimpancé. Llevaba un pequeño sombrero con un velo negro que le cubría el rostro. Balbuceaba, aunque no intentaba hablar; era más bien un sonido que emitía involuntariamente. Lourdes, quien estaba más cercana a la presencia, se asomó por debajo del velo para intentar verle la cara. De repente los labios de Lourdes perdieron su color para dar paso a un blanco marmóreo. Rómulo la jaló para que dejara de husmear bajo el velo de la mujer pero Lourdes no respondía, se había quedado paralizada ante aquella imagen de otro mundo.

Sentada en mi propia mesa, a la clara luz del mediodía, una persona que sin las anteriores experiencias hubiera tomado, en un primer vistazo, por una criada que hubiese permanecido en casa para cuidar del lugar y que, aprovechando la ocasión de no ser

observada y de la mesa de la sala de estudio, y de mis plumas,
tinta y papel, se aplicaba con gran esfuerzo a escribir una carta a
su enamorado.

Lourdes por fin volvió en sí sólo para musitar:

—No tiene ojos. Son huecos, unos hoyos oscuros que se mueven como si fueran el centro de un remolino.

Nadie le hizo caso. Continué la lectura para no romper el ambiente de zozobra que empezaba a adueñarse de la casita del árbol. Busqué la cara de Gelio. Me topé con lo mismo, un rictus inamovible, sereno; un adulto atrapado en el cuerpo de un niño que, después de haber enfrentado el horror de lo real, no se asustaba tan fácilmente con una historia de fantasmas, por terrible que ésta fuera. Me dirigí a él.

Se notaba el esfuerzo en la forma en que las manos, con los bra-
zos apoyados sobre la mesa, sostenían la cabeza con evidente can-
sancio; pero para cuando tuve esto en cuenta ya era consciente
de que, pese a mi intromisión, su actitud persistía de forma harto
extraña.

La mujer que estaba en cuclillas se levantó para olfatearnos como lo hacen los perros. Se acercó al rostro de Rómulo, éste empezó a llorar hasta orinarse en los pantalones. Para entonces Marco Antonio ya había dejado detrás su impostura de hombre valiente. Cerró los ojos para no ver a la mujer que caminaba encorvada alrededor de la casita con los movimientos de una mantis religiosa. En ese instante volví a prestar atención a Gelio; fue entonces que descubrí que él no veía nada, escuchaba sin mayor aspaviento lo que a nosotros nos paralizaba de miedo. Él no sentía el viento helado erizar sus vellos, no veía a la horrorosa presencia que nos estaba olfateando. Caí en cuenta de que Gelio tenía que atemorizarse tanto como nosotros. Me senté frente a él para continuar la lectura, sólo que empecé a cambiar el tono de mi voz haciéndola cada vez más dramática.

> *[...] resplandeció su identidad al modificar la postura. Se levantó, no como si me hubiera oído, sino con la indescriptible y grandiosa melancolía de la indiferencia y el despego, y a menos de doce pies de mí se detuvo mi vil predecesora.*

Gelio me miró con incredulidad. Rafa se había encargado de contarle la terrible historia de fantasmas que yo les leía, y no pareció impresionarle. Rafa le confió haber visto a dos niños levitar con la misma estabilidad con que un colibrí se detiene a comer en el aire. Dos niños horrendos, de miradas gélidas y vacías, que habían sido despojados de su inocencia al igual que él. Pero Gelio solamente se burló de esas tonterías.

> *Deshonrada y trágica, estaba delante de mí; pero mientras la miraba fijamente e intentaba asegurarme de sus rasgos para recordarlos, la horrorosa figura pasó de largo.*

Las ventanas maltrechas empezaron a abrirse y cerrarse por sí solas. Rafa se quedó inmovilizado, como de piedra. Rómulo se abrazó a mi cintura. Marco Antonio lo jalaba para que no me distrajera y yo pudiera seguir leyendo. La expresión de Gelio cambió un poco; parecía que alcanzaba a percibir el movimiento de las ventanas, pero a pesar de que nosotros temblábamos como papel picado a merced del viento, él continuaba impasible.

En realidad, mientras duraron estos instantes, me recorrió un extraordinario escalofrío al sentir que yo era la intrusa. En violenta protesta contra esto, en realidad dirigiéndome a ella, oí que le gritaba: "¡Mujer terrible y miserable!", que a través de la puerta abierta, resonó en el largo pasillo y en la casa vacía.

Gelio frunció las cejas. Pude apreciar en su mirada pequeños vestigios de un temor infantil, acaso inocente. Sus ojos recobraron un brillo de emoción al mismo tiempo que de susto. Me miró y preguntó:

—¿Tú también ves esa niña pálida que me mira sin mirarme?

Supe que el nuevo castigo al que mi madre me sometería bien valía la pena.

—Sí, Gelio, yo también la veo.

—¿Está muerta?

—No lo sé.

Continué la lectura, pretendiendo ignorar el miedo de Gelio. Gracias a las apariciones en la casa del árbol su capacidad de espanto estaba creciendo. Se acurrucó a mi lado y pasé mi brazo por encima de su hombro. Las visiones aumentaban en ese espacio tan reducido y un viento, que no sabemos cómo se había formado en ese día soleado, entró en la casita revolviendo nuestros cabellos y las páginas del libro. Tuve que leer casi a gritos para que los demás pudieran escucharme.

Ella me miró como si me oyera, pero yo me había recuperado y el ambiente se iba despejando. Al minuto siguiente no había en la habitación más que la luz del sol y la sensación de que debía quedarme.

El viento cesó. Las apariciones se desvanecieron. Sin embargo, Gelio no dijo nada y volvió a enmudecer. Después de un par de minutos en que ya nada sucedió, bajamos del árbol. Yo estaba confundida. Mi abuela ya me esperaba del otro lado de la calle.

—No tarda en llegar tu madre. Ahorrémonos el castigo.

—Sí, abue —tras una pausa añadí—: no sirvió de nada.

—No estés tan segura —respondió.

35

Mi madre no se percató de mi ausencia. Le entregué mis viejas tareas de conjugación de verbos. Me sentí culpable cuando me felicito por mi obediencia. "A ese paso pronto te levantaré el castigo", me dijo. Mi abuela pasó el resto de la tarde encerrada en la biblioteca, no quería toparse con mi madre después del disgusto que habían tenido a causa de mi desobediencia. Mamá comentó que faltaba poco para irnos de Ciudad Albazán, yo no respondí, era evidente que para mí no se trataba de una buena noticia.

Durante la noche no tuve ganas de hacer nada. No quería leer ni jugar a la escuelita con Laila, Stevané, Ricarda, Solveig y Anaranda, que seguían cubiertas con una sábana. Había confiado demasiado en las lecciones que mi abuela me daba; por primera vez desde que había llegado a vivir aquí dudé de ella, de su cordura, de sus buenas intenciones, de su amor hacia mí. Si bien había visto cosas que no podría narrar sin que me tacharan de "niña demente", no había servido de nada. Pensé que en realidad la abuela hallaba un gusto morboso en asustar niños, nada que tuviera que ver con un supuesto mecanismo que buscaba mantener un ilusorio equilibrio. Quizá lo que había vivido en Ciudad Albazán sólo era producto de la sugestión, pero de todos modos no estaba lista para marcharme.

Yo no era la única que no podía dormir esa noche. Gelio daba vueltas como rehilete sobre su cama. Cubierto hasta la cabeza con las sábanas, repetía una letanía en un murmullo imperceptible: "los fantasmas no existen, los fantasmas no existen, los fantasmas no existen". Remataba su rezo cuando sintió dos pequeñas siluetas paradas al lado de su cama. Apretó los párpados fuertemente e insistió en voz alta: "los fantasmas no existen, los fantasmas no existen". Rafa, que dormía en la cama contigua, se despertó.

—¿Estás bien?

—¿Ya se fueron los niños fantasmas?

Rafa echó un vistazo rápido por la recámara, seguía dormido con los ojos abiertos, con la mente en otro lado.

—No hay nada —dijo con seguridad.

Gelio, convencido de que las presencias se habían marchado, se destapó la cara. Para su sorpresa vio a su hermano de pie, aunque todavía dormido, flanqueado por los espectros de los niños poseídos del libro de James. Gelio no pudo respirar por unos segundos. Su mandíbula se trabó en una mueca que le desfiguraba el rostro. Rafa empezó a salir poco a poco de la duermevela. Al toparse con la cara distorsionada de su hermano lo tomó de los hombros hasta hacerlo reaccionar. Entonces Gelio dio un alarido que resonó por toda Ciudad Albazán. En algunas casas vecinas encendieron las luces, alarmados por el chillido en lo más profundo de la noche. Los padres de Rafa y Gelio corrieron al cuarto de sus hijos con el Jesús en la boca, temiendo lo peor. Cuando lograron calmarlo, Gelio les contó del libro de fantasmas que habían leído en la casita del árbol esa mañana. Rafa fue regañado severamente por hacerle pasar eso a su hermano.

—¿Eres un sádico o qué? —preguntó el padre.

—¿No te basta con lo que tu hermanito ha sufrido? —interrogó la madre.

Rafa bajó la cabeza avergonzado. Dudaba que lo que habían hecho, la lectura en la casa del árbol, hubiera valido la pena.

Gelio durmió el resto de la noche en la cama de sus padres y Rafa se quedó en su habitación con órdenes estrictas de no encender la lámpara aunque tuviera miedo; así aprendería a no asustar a su hermano menor. Pero a la mañana siguiente Gelio despertó de mejor humor. Pidió de desayunar hot cakes con helado. Ursula, su madre, estaba tan contenta de verlo restablecido que corrió a la tienda a comprarle todo el helado que pudiera.

Durante el desayuno Gelio dijo, como quien hace un comentario casual, que había estado encerrado en la mina abandonada de los Campobello. Todavía quedaba oro en los recodos más profundos de la mina pero un adulto cualquiera, de complexión ordinaria, no conseguía llegar hasta ellos. Entonces los capataces habían decidido usar niños. Los tenían hacinados en jaulas cuando no trabajaban. Si algún niño se cansaba, lloraba o pedía agua lo golpeaban con un atado de varas secas. Pero eso no era lo peor, el capataz de guardia sentía un placer perverso al torturarlos. Cada tanto se hacía un sorteo, el niño que salía seleccionado era llevado a una casucha donde les hacían cosas que me niego a narrar. Jacinto murió porque no soportó la tortura.

Tanto los papás como Rafa escucharon su relato con un nudo en la garganta. Ursula abrazó a sus dos hijos mientras el padre corrió a llevar la noticia a la comandancia de policía y a los demás padres de los niños desaparecidos. En poco tiempo organizaron cuadrillas de hombres para ir a rescatarlos a la mina de los Campobello. Algunos padres llevaban el firme propósito de hacerse justicia por propia mano.

Ahora que estoy embarazada, los comprendo.

36

Desperté un poco tarde la mañana siguiente. No estaba enterada de lo que sucedía en ese momento en el pueblo. El movimiento de los engranajes del mecanismo era fluido y casi imperceptible, y en ese momento supe que algo había cambiado. Era señal de que las cosas, como me había insinuado mi abuela afuera de la casita del árbol, estaban tomando el sitio que les correspondía. Corrí a buscarla. Extrañamente la encontré en la cocina, preparando el desayuno.

—¿Y Alfonsina?

—Hay una agitación enorme en el pueblo. Encontraron a los niños desaparecidos. Alfonsina, como siempre, salió para enterarse de todo.

—¿Entonces funcionó?

—Casi siempre lo hace.

Abracé a mi abuela alejando la desconfianza y los malos pensamientos que había tenido la noche anterior. El mecanismo funcionaba, al igual que los libros de la biblioteca. Las Sombras se quedarían apaciguadas al otro lado del espejo.

—Será difícil seguir con esto sin que tu madre se dé cuenta. ¿Estás consciente de la responsabilidad que estás tomando?

—Sí —dije con firmeza.

—Eres toda una Berenguer.

Sabía que a los niños rescatados de la mina les costaría muchísimo recobrar su inocencia, pero decidí adjudicarme esa responsabilidad, por pesada que fuera. Me prometí a mí misma seguir con el deber que Catalina Berenguer de Alcarràs inició durante la persecución de los inquisidores, también juré solemnemente que no me importarían los castigos o regaños que mi madre me impusiera. Tarde o temprano tendría que aprender a respetar mis creencias de la misma manera que yo había respetado las suyas.

37

A pesar del último disgusto que había tenido con mi abuela, mi madre decidió que nos quedaríamos a vivir en Ciudad Albazán. Se sentía más tranquila ya que el asunto de los niños desaparecidos se había solucionado. La relación entre ellas no mejoró, pero, al menos, empezaron a tratarse afablemente, sin atacarse debido a sus respectivas creencias. Se hizo costumbre que yo durmiera en cama de Alfonsina a escondidas; realidad o no, cada vez que empezaba un libro nuevo un visitante diferente aparecía para acecharme en las noches.

Mi abuela murió dos años después. La lloré mucho; mamá cayó presa de un desconsuelo por el recuerdo de la mala relación que tuvieron durante tantos años. Alfonsina, para consolarla, le reiteraba que Eduviges sabía que ella siempre la había amado, pero que, a pesar de ello, había sido muy testaruda. Mamá sonreía cuando Alfonsina le decía eso.

Heredamos la casa y todo lo que había en ella. Algunas cosas las empeñamos, otras las vendimos a coleccionistas extranjeros que llegaban atraídos por rumores sobre una legendaria dinastía de brujas que vivía en el centro del pueblo. Yo conservé la biblioteca ante la negativa inicial de mi madre. Esperó a que cumpliera 18 años, como mi abuela se lo pidió, y tuvo que rendirse a mi decisión de mantenerla.

Con el tiempo mi madre entendió de qué se trataba la herencia de las Berenguer, aunque nunca la aprobó. Más tarde que temprano cayó en cuenta de dónde había salido El Hombre Retazo; inclusive logré convencerla de que terminara de leer esa novela para cerrar el círculo y estar en paz con él. Si uno no acaba de leer sus historias, se molestan, se quedan inquietos, rondando en los armarios y bajo la cama.

Yo jamás cumplí la fantasía que tuve al descubrir la biblioteca de mi abuela: aquella en la que me sentaba frente a la vieja Olivetti de mi padre a escribir historias como las del señor Poe o el señor Maturin. La verdad porque soy egoísta, así tuve más tiempo para leer; soy de las pocas Berenguer que han leído todo lo que hay en la biblioteca, un acervo de varios miles de libros. Espero que tú, Isabela, sientas este mismo ímpetu y hambre por devorarlos todos.

Los niños de Ciudad Albazán volvieron a ser inocentes. En cambio nosotras nunca dejamos de levantar suspicacias y rumores. Tiempo después, algunos tuvieron la ocurrencia de inventar que mi abuela había tenido algo que ver con los capataces de la mina Campobello que secuestraban a los niños. Cada vez que alguna desgracia sucedía siguieron señalándonos. Al igual que escribió aquel Papa, Inocencio VIII, si los fetos de mujeres o las crías de ganado no llegaban a buen término, o si se arruinaban los productos de la tierra, las uvas de la vid y los frutos de los árboles, la culpa recaía en nuestros hechizos y conjuros, en que estábamos malditas. Pero como te dije al principio, ya no es fácil quemarnos vivas.

Con todo, viví y crecí llena de dicha en Ciudad Albazán. Nunca he sido del tipo que se preocupa por los chismes. Me casé con Marco Antonio, el amor de mi vida. Y te daré a luz en unos pocos días. Espero que la vida me dé la gracia de conocer tu rostro, Isabela, antes de morir. Tú no deberás preocuparte por nada. Cuando yo falte, tu padre, mi amado Marco Antonio, se encargará de ti con el mismo amor que yo lo hubiera hecho. Él contará con la ayuda de mi tía Liliana Berenguer van Cauwelaert, quien te iniciará en nuestro deber como lo hizo conmigo tu bisabuela Eduviges. Tu padre, como sabes, morirá en un lapso de doce años después de que tú hayas nacido, pero quedarás protegida económicamente y bajo la tutela de mi tía Liliana.

No tengo mucho más que contar, quizá solamente admitir que nunca me avergoncé de ser una bruja, ni renegué ni le di la espalda a mi linaje. Entendí que, por encima de todo lo que te he contado, el verdadero deber de las Berenguer reside en devolver a los niños la capacidad de fabular a través de la literatura, su derecho inalienable a temer sólo aquello que puedan imaginar.

El mecanismo del miedo, de Norma Lazo,
se terminó de imprimir en agosto de 2010 en
Litográfica Ingramex, S.A. de C.V.
Centeno 162-1, Col. Granjas Esmeralda,
México, D.F.